JN052590

いつか想いが届くまで

マヤ・バンクス
深山ちひろ 訳

TEMPTED BY HER INNOCENT KISS
by Maya Banks
Translation by Chihiro Miyama

mira

TEMPTED BY HER INNOCENT KISS

by Maya Banks

Published by K.K. HarperCollins Japan, 2022

いつか想いが届くまで

おもな登場人物

アシュリー・コープランド――――実業家の令嬢
ウィリアム・コープランド――――アシュリーの父親
グロリア・コープランド――――アシュリーの母親
エリック・コープランド――――アシュリーの兄
ピッパ、シルビア、タビサ、カーリー――アシュリーの親友たち
デヴォン・カーター――――――実業家
キャメロン(キャム)・ホリングスワース―デヴォンの友人で、ビジネスパートナー

1

人生には引くに引けないときがある。デヴォン・カーターはベルベットのケースに入ったひと粒ダイヤのリングを眺め、いまがそのときだと痛感した。ふたをパチンと閉め、ケースをスーツの胸ポケットにしまう。

道はふたつある。アシュリー・コープランドと結婚してコープランド社と合併し、世界最大にして最高級のリゾート・ラインを手中におさめるか。結婚を拒んで、すべてを失うか。

答えは最初から出ている。

デヴォンはマンハッタンの高層アパートメントを出ると、深呼吸してから運転手つきの車に乗りこんだ。車は静かに往来にすべりだした。

とうとう今夜だ。アシュリーへの綿密なアプローチ――ディナーの誘いや、軽いものからしだいに濃厚さを増したキス――はすべて、今夜のための足がかりだ。

こむことになる。アシュリー・コープランドの心を奪うための計画は今夜で完了し、いよいよ結婚を申し

いつもの苦々しさが胸にこみあげ、デヴォンはやれやれと首をふった。

まったく、ウィリアム・コープランドはたいした古ダヌキだ。このぼくに娘を押しつけるとは。

アシュリーはかわいい女だが、相手がだれであれ、デヴォンに結婚する気はなかった。まだ早い。あと五年は独身でよかったのだ。しかるのちに妻を選び、子どもを二・五人――全米における理想的な子どもの数だ――作れば、それこそ完璧というものだった。

だが、ウィリアム・コープランドには別のプランがあった。デヴォンが合併話を持ちかけるやいなや、ウィリアムの目は計算高くきらめいた。そして自分の娘はビジネスには向かない性格の持ち主だと打ち明けるところから始めた。やさしすぎ、すなおすぎる娘……つまりファミリー・ビジネスにおいて重要なポジションを任せるわけにはいかないというわけだ。おまけにウィリアムの見るところ、これまで愛娘《まなむすめ》に近づいてきた男たちは、コープランド一族にもぐりこむついでにアシュリー個人の財産もせしめようという、けちな野心の持ち主ばかりだったらしい。

娘を安心して任せられる男を探していたウィリアムは、どういうわけか、デヴォンに白

羽の矢を立てた。

そこで、アシュリーが合併の成立条件になった。当のアシュリーにはなにも知らせないという制約つきで。ウィリアム・コープランドは自分の愛娘を取り引きの材料にしながら、それを娘本人に知られることは絶対にきらった。つまり、デヴォンが恋に落ちたふりをするはめになったわけだ。

デヴォンは自分がささやく甘いせりふにへきえきしながら、アシュリーとデートを重ねた。正々堂々を旨とし、裏表のないやり方を好むデヴォンにとっては、うしろめたさのつきまとう恋愛ゲームだった。

アシュリーを取り引きの材料にするのなら、誤解や悲しみが生まれないよう、最初から本人にそのことを知らせるべきだったのだ。

アシュリーはこれが世紀の大恋愛だと信じこんでいる。瞳に星を浮かべた夢みがちなアシュリーは、コープランド社の会議や財務諸表よりも、自分のかかわる動物保護団体のほうを大事にする人間だ。

真相に気づいたら、アシュリーはショックを受けるだろう。そのことで彼女を責める気になれない。裏工作は恥ずべきことだし、もしもだれかに同じことをされたら、ぼくはまちがいなく激怒する。

「タヌキおやじめ」デヴォンはつぶやいた。

運転手はコープランド一族がよりあつまって住んでいるマンションのエントランス前に車を着けた。ウィリアムとその妻は最上階のペントハウス住まいだが、アシュリーは下の階の部屋に引っ越している。その中間のあちこちの部屋には、いとこからおじ、おばにいたるまでの親戚一同が住んでいる。

コープランド一族のあり方は、デヴォンには理解できなかった。デヴォンは十八歳から独力で生きてきたし、両親といえば、〝負け犬〟になるな、と自分を叱咤《しった》するときに思いだすだけの存在だった。

一方、ウィリアムが自分の子どもたちに向ける無条件の愛情は、デヴォンにとっては異質であり、落ち着かない気分にさせられるものだった。とくに、アシュリーと結婚間近だという理由で、自分まで息子扱いされるようになってからは。

車を降りようとすると、アシュリーがエントランスから飛びだしてきた。顔じゅうで笑い、瞳はデヴォンを見つけた喜びに輝いている。

いったいどうしたんだ？

デヴォンは眉根をよせた。

「アシュリー、なかで待ってなきゃだめじゃないか」

返事がわりに、アシュリーは声をあげて笑った。いつもは無造作にヘアクリップで留めているブロンドの長い髪は、今夜はおろしてある。アシュリーはデヴォンの手を取り、笑ったまま彼を見あげた。

「デヴォンったら、なにが心配なの？　アレックスがすぐそこにいて、パパより厳しい目でわたしを見守ってくれてるのに」

ドアマンのアレックスは甘やかすような笑みをアシュリーに向けた。アシュリーのまわりにいる人間がよく浮かべる笑みだ。すこしの我慢と、いくらかの困惑がつきものだが、たいていの人間はアシュリーの無邪気さを肯定的にとらえる。

デヴォンはため息をついた。

「安全な場所で、ぼくが迎えに来るまで待つべきだ」

楽しそうに瞳をきらりと光らせたアシュリーは、デヴォンの首に抱きつき、唐突な愛情表現で彼をとまどわせた。

「わたしを傷つけようとする人がいたら、あなたが守ってくれるでしょう？」

デヴォンが返事を思いつく前に、アシュリーは勢いよく唇を押しつけてきた。やれやれ。彼女には自制心というものがない。自分が住むマンションのエントランスで見せ物になるなんて。

それでもデヴォンの体は、アシュリーのむさぼるようなキスに即座に反応した。甘く、汚れを知らない唇。

彼女をだまそうとしている自分が悪魔のように思える。

アシュリーの抱擁から慎重に逃れると、デヴォンはやさしくたしなめた。

「ここじゃいけないよ、アシュリー。さあ、行こう。車を待たせてある」

デヴォンがあとから後部座席にすべりこむと、アシュリーはいそいそと身をすりよせてきた。

「今夜はなにを食べに行くの？」

「特別なプランを用意したよ」

思ったとおり、アシュリーは期待に目を輝かせて抱きついてきた。

アシュリーの長所のひとつは、信じられないほど簡単に喜ぶところだ。デヴォンがこれまでつきあってきた女たちは、自分の高い要求が通らないとなると、むくれ、文句を言った。

だがアシュリーは、ぼくが贈るものなら、なんでも手放しで喜ぶ。あのリングにも、まちがいなく大喜びするだろう。

アシュリーは体をすりよせ、デヴォンの肩に頭をのせた。この子どものような愛情表現には、いまだにどぎまぎしてしまう。なんというか、こんなに……あけっぴろげな人間には慣れていない。

　結婚したら、この無防備さをすこし矯正してやったほうがいいだろう。いつまでも生の自分をむきだしにして生きていけるはずはない。本人が傷つくだけだ。

　数分後、アシュリーはけげんそうな顔をして、デヴォンの住む高層アパートメントを見あげた。

「あなたの家ね」

　すなおな感想に、デヴォンは笑った。「そのとおりさ。さあ、おいで、ディナーが待ってる」

　ふたりは開かれたドアから入り、待っていたエレベーターに乗りこんだ。エレベーターは最上階まで音もなく舞いあがり、デヴォンの部屋の前で止まった。すべてが指示どおり整っているのを確認して、デヴォンは満足した。

　照明はロマンチックに落とされ、ゆるやかなジャズが流れ、ニューヨークの街を見おろす窓辺のテーブルには、ふたり分の食事の用意がしてある。

「デヴォン、なにもかも完璧だわ！」

　アシュリーはまたもやデヴォンの腕に飛びこみ、彼よりも立派で誠実な男にふさわしい、心のこもったハグをした。こうして抱きしめられるたび、デヴォンはいつも胸に奇妙な痛みをおぼえる。

抱擁から抜けだすと、デヴォンはアシュリーをテーブルに案内した。椅子を引いてやり、ワインのボトルからふたり分のグラスに注ぐ。

「まだ熱々じゃない！」アシュリーは目の前の皿に触れた。「どうやったの？」

デヴォンはにやりとした。「魔法の力かな」

「あなたが魔法で料理できるって説、すごく気に入ったわ」

「迎えに行くあいだに、人に頼んでおいたんだよ」

アシュリーは顔をしかめた。「ずいぶん古風なのね、デヴォン。部屋で過ごすつもりなら、わざわざ迎えに来なくてもよかったのに。わたしはタクシーに乗ってくればいいんだもの」

「男なら自分の女に尽くし、あらゆる要求に応えて当然だ。きみの送迎役をつとめるのは、ぼくにとってこのうえない喜びなんだよ」

キャンドルの明かりに照らされたアシュリーの頬がぽっと染まり、新車のキーでも手渡されたかのように瞳がきらめいた。

「わたし、そうなの？」かすれた声。

デヴォンはワイングラスを置いて首をかしげた。

「きみがなんだって？」

「あなたの女」

「ああ」デヴォンは静かに言った。「夜が明ける前に、きみはあらゆる意味でぼくのものになる」

アシュリーの体はぞくりと震えた。こんなせりふをささやかれたら、食事どころではない。デヴォンがいまにも飛びかかりそうな目でわたしを見つめているのに。

デヴォンの瞳は最高に魅力的だった。何色かときかれたら、茶色だけど、琥珀《こはく》のようなあたたかい色みだ。太陽のもとでは金色に光り、こうしてキャンドルの光に照らされると、ピューマの瞳みたいに見える。アシュリーは追いつめられた獲物になったような気がしたが、それは恐怖とはほど遠い、甘美な感覚だった。デヴォンが関係を一歩すすめてくれるのを、アシュリーは首を長くして待っていたのだ。

つきあいはじめてからのデヴォンは、ずっと紳士そのものだった。キスも最初のうちは軽く触れるだけ。

それはしだいに情熱的になり、強く、激しく、独占欲の強い、生のデヴォンがかいま見えるようになってきた……。

「食べないのかい？」デヴォンがたずねた。

食事どころではない心境のアシュリーは、エビをフォークに刺してソースをつけ、のろのろと持ちあげた。

「ひょっとして、ベジタリアンなのか？」

デヴォンの困った顔を見て、アシュリーは思わずくすりと笑った。

「ベジタリアンだったら、とっくにそう言ってるわ。動物保護の活動をしてると、お肉全般を食べないと思われがちなのよね」

ほっとゆるんだデヴォンの顔を見て、アシュリーはまたくすくす笑った。

「わたしは鳥肉を食べるし、魚も食べるわ。豚は大好きとは言えないし、子牛肉やフォアグラみたいな高級食材も苦手だけど」

アシュリーは肩をすくめた。

「そういえば、アヒルのレバーなんて料理もあるのよね。ぞっとしちゃうわ」

デヴォンが笑った。「あんなにうまいのに。試したこともないのかい？」

アシュリーは顔をしかめた。「まさか。内臓を食べること自体、信じられないのに」

「じゃあ牛のタンもだめかな」

「やめて、想像しただけで気持ち悪くなっちゃう」

「内臓料理は出さないように、きみの好みはメモしておこう」デヴォンはまじめくさって言った。

アシュリーはにっこりした。

「ねえ、デヴォン、あなたってみんなが言うほどのかたぶつじゃないのね。冗談だって言えるもの」

デヴォンは片方の眉をつりあげた。「ぼくがかたぶつだって、いったいだれが言ってたんだ？」

口をすべらせたことに気づいたアシュリーは、場を取りつくろうためにエビをもう一匹口に運んだ。

「だれでもないわ」もごもごと言う。「忘れて」

「ぼくとの交際をだれかに反対されてるのか？」

デヴォンの声が急に緊張し、アシュリーの胸は不安でちくりと痛んだ。

「わたしの家族よ。ちょっと過保護なの。ううん、だいぶ過保護かも」

「きみの家族が？」

そんなに驚かなくてもいいのに。わたしの家族に気に入られていると信じきっていたのかしら？

「ううん、全員が反対してるわけじゃないのよ。パパはあなたをほめそやしてる。ママだってパパと同意見。もっとも、ママはパパの意見ならなんでも賛成するんだけど」

デヴォンは安心したように椅子にもたれた。

「じゃあ、だれが？」

「あなたに気をつけろって言ったのは、エリック兄さんよ。いつものことだから気にしないで。兄さんは、わたしがだれかとデートするたびに相手のあら捜しをするの」

デヴォンはワイングラスに口をつけながら、また片方の眉を上げた。「たとえば？」

「そうね、女好きの遊び人だとか、週替わりでちがう女を腕にぶらさげてるとか。どうせ本気じゃない、おまえと一回寝たいだけだとも言ってたわ」

頬がかっと熱くなり、アシュリーはうつむいた。また口がすべってしまった。なんてばかなの！

「困った兄さんだな」デヴォンはすまして言った。「だけど一部は正しいね。ぼくはきみと寝たいよ。一回で終わらせるつもりはないけど」

アシュリーは口をぽかんとあけた。

デヴォンの口もとに、男の自信をただよわせる笑みが浮かんだ。

「食べてくれ、アシュリー。食事を楽しんで。そのあとで……お互いを……楽しもう」

アシュリーは機械的に食事を口に運んだ。味なんかわからない。わたし、なにを食べてるんだろう。ひょっとしたら牛のタンだったりして。

こういうとき、女はどうすればいいの？　クールにふるまうべき？　積極的にいく？　服を脱がせたいかどうか、きいたほうがいい？

神経質な笑いがこみあげてきた。お手上げだわ。

ふいに大きな手が、安心させるように肩に触れた。驚いて顔を上げると、いつのまにかデヴォンが背後に立っていた。

「アッシュ、リラックスして」やさしい声。「石みたいにがちがちだよ。さあ、立って」

震える足で立ちあがると、デヴォンは人さし指でアシュリーの頬に触れた。顔の輪郭をなぞるように指をすべらせてから唇に触れ、そして体ごと抱きしめた。

片手は腰に、もう片方は首筋にまわされている。そのあとのキスは、いままでのように紳士的ではなかった。炎のようなキスだ。

デヴォンの舌が唇をなぞり、そっと圧力をかけてアシュリーの唇を開かせた。

アシュリーの体はあめのようにとろけた。体の芯がうずいている。デヴォンがほしい。ずっと待っていたような気がする。彼こそ……運命の人だ。

「デヴォン」アシュリーはささやいた。

デヴォンは彼女の顔をのぞきこんだ。

「なんだい、スイートハート」

心が舞いあがった。

「言わなきゃいけないことがあるの。知っておいてほしいことが」

デヴォンは眉をひそめた。

「言ってくれ。なんでも聞くよ」

アシュリーはつばをのみこんだ。打ち明けるのがこんなに難しいとは思わなかった。こんなことはばかげてるような気もする。黙ってなりゆきに任せればいいのかも。いいえ、それじゃだめ。今日は特別な夜だし、デヴォンは特別な人だから。

「わたし――初めてなの」震える手を、デヴォンの腕にかけた。「その……経験がないのよ。あなたが……初めての相手になるの」

デヴォンの瞳に暗く激しい光が宿り、腰を抱く手に力が入った。

「うれしいね。今夜からきみはぼくのものだ。初めての相手になれて光栄だよ」

「わたしも」アシュリーは小さな声で言った。

デヴォンはいつくしむようにアシュリーの腕をさすり、肩に手を置いた。

「怖がらないでいいよ。やさしくする。きみも一秒一秒を楽しめるようにしてあげるからね」

アシュリーはつま先立ちになり、両腕を彼の首に巻きつけた。「抱いて、デヴォン。わたし、ずっとこうなるのを待ってたの」

2

デヴォンはひたいにキスしてから、アシュリーを両腕に抱きあげ、広い主寝室にはこんだ。

アシュリーは彼の胸に頬をすりよせ、ため息をついた。

「いつかその時がきたら、こんなふうにベッドまで抱いていってもらうのが夢だったの。ばかみたいでしょう?」

デヴォンが笑うと、厚い胸板からここちよい振動が伝わってきた。「きみを裸にする前から、夢をひとつかなえてあげられたね」

アシュリーは赤くなったが、彼が服を脱がせたがっているというほのめかしに気づいてぞくぞくした。

理想のロストバージン・リストの二番目もかなうのだ。

高校や大学の同級生から、冴《さ》えない初体験の話を山ほど聞いたあと、アシュリーは自分の初体験は絶対にそんな思い出にはしないと誓った。えり好みしすぎだったかもしれないけれど、自分にふさわしい相手と、ふさわしい時期に、という目標を守りとおす決意はかたかった。そしていま、デヴォン・カーターとその時を迎えるだなんて、これ以上ないくらいに完璧だ。

「脱がせるよ、スイートハート」デヴォンはかすれ声で言った。「不安になったらいつでも止めてくれ。夜は長いし、焦る必要はないからね」

心にしみるようなやさしい声。アシュリーはデヴォンの辛抱強さに感謝すると同時に、もどかしさも感じた。強引に奪ってくれてもいいのに。

「向こうを向いて。背中のジッパーをはずすよ」

うしろを向いて目を閉じると、デヴォンはそっと彼女の髪を片方の肩に流し、ジッパーに手をかけた。ジッパーの下りるかすかな音が静かな部屋に響き、バストのまわりがふっとゆるんだ。

はらりとワンピースが落ちる寸前、アシュリーは思わず両手でベアトップの胸もとを押さえた。

むきだしの肩にデヴォンの手が置かれ、うなじに唇が触れる。「リラックスして」

やさしくうながされてふりかえると、デヴォンは安心させるような笑みを浮かべていた。

胸もとを押さえていた指をデヴォンはゆっくりとはずしていき、ついにドレスは床に落ちた。

アシュリーは真っ赤になった。ああ……せめてストラップレスのブラをつけてくればよかった。なにもつけていないなんて、尻軽に思われないだろうか。でも、胸がそんなに大きいわけじゃないから、服から胸がはみだす心配はなかった。

でもまさか、今夜こんなことになるなんて、思ってもみなかった。

「セクシーだよ」デヴォンは体のすみずみまで視線をはわせた。

レースの下着をはいていたことを神さまに感謝しなくちゃ。コットンの下着じゃなくてよかった。

「きれいだよ、アッシュ。すごくきれいだ」

デヴォンの瞳を見て、震えがすこし治まった。うそをつかない金色の瞳の奥に、興奮と賛嘆がよみとれる。

デヴォンはそっと肩を抱いてアシュリーを抱きよせ、またキスをはじめた。熱く、力強く。安心してもいいと言いきかせるように、激しいキスと、やさしいキスが交互にくりかえされる。

もっと、強引にしてほしい。

アシュリーはバージンだが、欲望を知らないわけではなかった。デヴォンを求める想《おも》いは、自分でもあきれるほど強かった。さまざまな空想にふけるあまり、夜も眠れないほどに。

こんなふうに欲望にかられるのは初めてだった。男の人とデートしたことがないわけではない。まったく論外の人もいたけれど、何人かには興味をそそられ、関係をすすめたほうがいいのかと迷った。

けっきょくはいつも、確信が持てないのならやめておきなさい、と自分に言いきかせることになったが。

デヴォンは特別だった。あのハスキーな、信じられないくらいセクシーな声で、自己紹介された瞬間から、心を奪われてしまった。

ふと身を引いたデヴォンを、アシュリーはうるんだ目で見つめた。デヴォンの手が頬に触れ、指先が顔を撫《な》でて下りていく。

それからまたキス。

もう一度。

息ができないほど熱いキスだった。デヴォンの舌が唇を割って侵入し、アシュリーの舌にそっとのる。舌の上に広がる、あたたかく蠱惑的《こわくてき》な味を、アシュリーは貪欲にのみこみ、もっと求めた。

デヴォンがうめいた。

「きみのせいでおかしくなりそうだ」

デヴォンがひざまずき、胸の先から数センチのところに唇をよせた。アシュリーは息をのみ、金縛りにあったように動けなくなった。お願いだからそこに触れて。あなたの口で、唇で、舌で……。

だが、デヴォンはうつむき、おへそのすぐ上にキスをした。そこからゆっくりと唇を上にはわせ、胸の谷間をたどり、心臓の真上で唇を止めた。

デヴォンはにやりとした。

「心臓がどきどきしてるよ」

アシュリーはなにも言えなかった。そんなのわかってるわ——どきどきどころか、心臓が止まりそうだ。

口よりは手のほうが雄弁だった。手は自然にデヴォンのライトブラウンの髪に伸び、短い髪をすくいあげた。光の当たりぐあいによって、デヴォンの瞳の色はさまざまに変わった。琥珀《こはく》。金。あたたかな、濡《ぬ》れた茶色。

アシュリーは彼の髪を撫でた。スタイリング剤で固められていない髪。すこしもつれぎみで、いつも前の日とちがう。デヴォンは自分が取るに足りないと思うことには無頓着なのだ。

デヴォンが顔を上げた。「怖い？」

「怖いわ」正直に認める。

デヴォンはやさしい目をして、アシュリーを抱きしめた。素肌がデヴォンの服に触れ、背筋に震えが走った。

「でも、あなたも裸になってくれたら、怖くないわ」

デヴォンはきょとんとし、それから頭をのけぞらせて笑いだした。「困った子だ」立ちあがって、アシュリーを見おろす。「姫のお望みのままに」

デヴォンがシャツのボタンをはずしはじめると、アシュリーは急にかわいた唇をなめた。デヴォンはそでのボタンをはずすと、シャツを脱いだ。

なんてすてきな体だろう。いかにもジムで鍛えた体つきだけど、筋肉がつきすぎていないからトレーニング中毒には見えない。

さわりたい。すごく。アシュリーはつめが手のひらに食いこむほどこぶしを握りしめ、ふと眉をひそめた。誘惑にルールなんてないのでは？　彼が服を脱ぎおわるまで、銅像みたいに突っ立ってなきゃいけないの？　経験したいことがたくさんありすぎて、待ちきれない。受身でいるなんて我慢できない。わたしだって大胆になってみたい。

デヴォンが下着を脱ぎはじめると、アシュリーは両手を伸ばし、彼の胸と肩に触れた。デヴォンは手を止め、まぶたを閉じた。

その反応がアシュリーを興奮させた。

わたしに触れられて、デヴォンが喜んでいる。アドレナリンが血管を駆けぬけ、女としての本能がめざめた。

アシュリーは一歩踏みだした。そのままの肌と肌を触れあわせたい。胸をデヴォンの胸に押しあてて、アシュリーはあえいだ。癖になりそうな、電流のような快感が走る。もっと味わいたい。もっと。

「なにをしてるんだ」デヴォンの声はかすれていた。

「楽しんでるの」

デヴォンはにやりとし、下着にかけた手を止めた。アシュリーは厚い胸板に手のひらをはわせ、隆起した筋肉のすみずみまで探りながら、引きしまった彼の体と、やわらかな自分の体の、あざやかな対照にうっとりした。

「脱いで」手がきわどいところまで近づくと、そっとささやいた。

「恥じらう乙女が小悪魔に変身したのかい?」

頬が燃えるように熱くなったが、デヴォンは笑って下着にかけた手を離し、アシュリーの顔を包みこんだ。ふいうちの、唇が焦げそうなキス。「きみが脱がせて」唇を重ねたまま、デヴォンが命じた。

ごくりとつばをのみこみ、アシュリーはブリーフにくっきりと浮きでた高まりをちらりと見た。地味なボクサーブリーフだ。想像していたのはもっと……いいえ、よくわからないけど、地味なボクサーブリーフじゃなかったのはたしかだ。でも、デヴォンはこだわりすぎる男じゃないということだ。もちろん彼は高い服を着ているけれど、それは着心地のいい高い服。ラベルを見て初めて高いとわかるような服だ。

「直接さわってごらん」デヴォンは甘いかすれ声でささやいた。

おずおずと、アシュリーは下着のふちから手をすべりこませ、そろそろと下を探り、とうとう、なめらかでかたい彼自身に触れた。デヴォンの瞳の色が濃くなったのに勇気づけられ、彼の根もとをくるみこむように手を丸め、触れるか触れないかの距離で、ゆっくりと先端に向かって手を動かす。

デヴォンはアシュリーの顔から手を離し、もどかしげに自分の下着をつかむと、いっきにひきさげて、アシュリーの手に包まれてゆるやかに愛撫《あいぶ》されていた彼自身をむきだしにした。

隠れて見たその手の写真としか比較できないけれど、デヴォンのそれは、ほどよい大きさに思えた。すくなくとも、心配していたように、大きすぎて困るということはなさそうだ。

デヴォンはそっとアシュリーの手首を握り、はりつめた彼自身から引き離した。それから彼女の両手を取って持ちあげ、親指でアシュリーの手のひらを軽く撫でながら、目をのぞきこんだ。

「ダーリン、きみはぼくを夢中にさせる。誘惑するのはぼくの役目なのに、触れられるたびにくらくらするよ」

アシュリーは喜びで頬を紅潮させた。欲望に燃える瞳でじっと見つめられ、肌がほてりだす。

デヴォンはまた口づけし、そのままアシュリーをベッドまで後ずさりさせ、ふくらはぎの裏がシーツに触れる位置で止まった。

そしてアシュリーの腰を抱きあげ、マットレスに横たえると、のしかかる姿勢を取った。

デヴォンはまじめな顔になり、アシュリーのひたいからそっと髪の毛を払いのけた。

「怖くなったり、早すぎると思ったりしたら、言ってくれ。すぐにやめるからね。最初はゆっくりはじめよう」

アシュリーはこくりとうなずいた。

喉がつかえて、なにも言えなかったのだ。

デヴォンを求めて手を伸ばし、キスできる距離に引きよせる。自分の不慣れなぎこちなさが恥ずかしかった。デヴォンは気にしていないみたいだけど。もっと練習しておけばよかった。いいえ、練習なんかしなくてよかったんだわ。この瞬間を、デヴォンを、ずっと待っていたんだもの。

「愛してる」ふくれあがった想いが口からすべりでた。

デヴォンの動きが止まり、アシュリーはぎくりとした。いまのは興ざめだっただろうか？　アシュリーは息をのんだ。目を見ひらき、わかりやすい反応を探してデヴォンの表情をうかがった。自分が禁じられた境界線を踏みこえたことを示す痕跡を。

「デヴォン？」

彼の名前はうつろに響いた。

心臓が止まりそうになり、唇が震えだす。

返事のかわりに、デヴォンは激しさで応えた。乱暴に唇をむさぼり、舌を突きいれ、アシュリーの舌とからみあわせる。

アシュリーの体は息を吹きかえした。弓なりに背中をそらしてデヴォンの首に両手を巻きつけ、体を密着させる。唇と同じく、体もからみあった。脚のあいだに、デヴォンの熱いたかぶりがある。

アシュリーのなかに身を沈めたいという衝動をかろうじて抑えるように、デヴォンの腰が小刻みに揺れた。アシュリーは興奮と、甘美なスリル、そして期待にあえいだ。

デヴォンの手が、唇が、あらゆる場所を攻めてくる。やさしい愛撫と、荒っぽい蹂躙《じゅうりん》が交互にやってくる。デヴォンはうしろに下がり、アシュリーのとがった乳首の真上に軽く唇を当てた。そして舌を突きだし、先端をなめた。

アシュリーは叫び、それだけでクライマックスに達しそうになった。歓喜が体じゅうを突きぬけ、つめを立てずにはいられない。

デヴォンはこの敏感な反応に満足せず、とがった先端を含んだまま口を閉じ、強く吸った。

アシュリーの視界がぼやけた。息ができない。まるで天国にいるみたい。気が遠くなりそう。しびれるような快感は、言葉にならなかった。

デヴォンは胸の谷間に手をはわせ、おなかを撫で、さらに下がっていった。

デヴォンは慎重な手つきで敏感な部分に触れ、そこが熱くなっているのをたしかめると、からかうように指を上下させた。デヴォンはどうすればアシュリーが喜ぶか、本人よりも正確に知っていた。どこにさわり、どう触れるかを。指でなぞられるたびに、アシュリーの快感ははねあがった。

体がぎゅっと収縮していくようだった。下腹部の奥で興奮がうずまき、じんじんと響く。オーガズムを知らないわけではないけれど、こんなのは初めてだ。力強く、容赦なく、怖いくらいに強烈。

デヴォンは指を離し、そっとアシュリーの脚を広げた。ももの内側のいちばん奥まで手をはわせ、上から組み敷く体勢を取った。

口が胸から離れると、アシュリーは抗議の言葉をつぶやいた。デヴォンはもう一度キスしてから、甘い声でささやいた。

「ぼくに抱きついておいで、ダーリン。ぼくに触れていて。これからきみのなかに入るよ。やさしくするからね。怖がらなくていい」

「待って」

デヴォンは自分自身の先端を、アシュリーの入口にあてがったまま止まった。アシュリーを見おろす顔が苦しげにゆがんだが、それでも彼は持ちこたえた。

「大丈夫？　怖い？」

アシュリーは首をふった。「平気よ。ちょっと待ってほしいだけ。わたし、もう持ちこたえられそうにないの。いったん落ち着きたいのよ」

デヴォンはにやりとし、肉食獣のように目をぎらつかせた。「落ち着いたら教えてくれ」

アシュリーは彼の肩や、たくましい背中の筋肉を撫でた。視線が合うと、琥珀色の美しさにおぼれそうになった。「ええ」

デヴォンは唇を引き結び、腰を引いた。それから目を閉じ、ゆっくりと味わうように、彼女のなかに入っていった。

デヴォンの動きが途中で止まると、アシュリーは不服そうに身じろぎした。

デヴォンが唇のすみに軽くキスした。「痛い思いをさせたくない。ここからはいっきにいくよ」

アシュリーがうなずくと同時に、デヴォンは腰を沈めた。

アシュリーは目を見ひらき、声にならない声をあげた。

彼が、わたしのなかにいる。ふたりの体がひとつになっている。体の奥がうずく。快感なのか、痛みなのか、自分でもわからなかった。

わかるのはただ――もっとほしいということだけ。

デヴォンはまたキスをし、舌でアシュリーの舌を味わいながら、彼女の内側で動きはじめた。いたわるような、いつくしむような動きだった。デヴォンは体をすこし浮かせ、腰を引き、深く突きいれ、また後退した。

それから腕で上半身を支える体勢を取ったが、そのあいだもアシュリーの目を見つめつづけていた。

「いいかい?」

アシュリーはほほえんだ。「とってもすてき」

「きれいだよ、アッシュ。すごくきれいだ。きみは清らかで、完璧で、ぼくのものだ」

「わたしはあなたのもの」アシュリーはささやいた。

「いきそうになったら言ってくれ。一緒にいきたいんだ。ぼくはもうそんなに我慢できないよ」

「だったら、我慢しないで」声が震えた。考えることもしゃべることもできなくなりそう。つま先がぴんと伸びた。理性が粉々にくだけちり、自分をコントロールできなくなる寸前だった。あと一回突かれたら、もうだめ。

デヴォンはアシュリーを抱きよせ、突いた。そしてもう一度。脚を広げさせ、深々と入りこむと、アシュリーはわれを失った。

デヴォンの名前を叫ぶと、耳もとでなにかをささやく声がした。あやすような、やさしく甘い言葉が、もうろうとした頭に流れこんでくる。アシュリーは目のくらむようなスピードで、高みへとのぼりつめ、ぎゅっと目をつぶった。

すばらしい、美しい瞬間だった。いい初体験にしたいとは思っていたけれど、こんなにもすばらしい、どれほどエロティックな想像もかなわないほどの経験になるなんて、思っていなかった。

気がつくとデヴォンにしっかり抱きしめられ、鎖骨に羽根のような軽いキスをされていた。いつのまにわたしが上になったのだろう？　髪は片方に流され、耳のすぐ下にデヴォンの顔がある。

「わたし、どうやって上になったの？」

デヴォンはにやりとし、ぐっとアシュリーを抱きよせた。「ぼくがそうさせたのさ。きみが乗っかってるのはいい気分だ。手放せなくなりそうだな」

「まあ」

デヴォンが眉を上げた。「言うことはそれだけ？　きみにしては無口だな」

アシュリーは彼を軽くにらんだが、いい返事は浮かばなかった。

デヴォンはおかしそうに笑い、アシュリーをぎゅっと抱きよせた。

「痛かった？」

「ううん。とびきりすてきだった。あなたって、ほんとに完璧」

デヴォンはひたいにキスした。「うれしいよ」

まぶたの重さに負けて、アシュリーは半分眠りこみながらつぶやいた。

「このまま眠りたいわ」

髪を撫でていたデヴォンの手が下へ下り、自分のものだと言わんばかりに、大胆にアシュリーの体を撫ではじめた。「それはよかった、アッシュ。今日からきみは毎晩ここで眠ることになるんだから」

3

目を覚ましたデヴォンは、重みに気づいてはっとした。自分の上にあたたかくてやわらかな体がある。

アシュリーの脚がぼくの脚にからみ、胸がぼくの胸に押しあてられ、腕がぼくを抱きしめ、鼻はぼくの首筋にすりよせられている。

悪くない。

デヴォンは横たわったまま、静かに眠るアシュリーの体がかすかに上下するのを、しばらく眺めていた。

アシュリーはとても美しい。素朴で、陽気な美しさだ。アシュリーが入ってきたとたん、部屋がぱっと明るくなる。人ごみのなかでもアシュリーを見つけるのは簡単だ。アシュリーは並はずれて……自然体だから。はしゃぎすぎる癖と、落ち着きのなさが短所だが、うまく導いてやれば、すばらしい妻になるだろう。

アシュリーには裏表がない。すくなくとも、ぼくはそう信じている。アシュリーが父親の考えだしたばかげたゲームのことを知らなくてよかった、といまは思える。もちろん、プレイヤー全員がゲームだと知っておくのがフェアにはちがいないのだが。

アシュリーがぼくに純粋な好意を抱いていると思うのは、身勝手な願望だろうか。昨夜の言葉が雰囲気に流されたものでないとすれば、好意という言葉は正確ではない。アシュリーはぼくを愛していると言ったのだ。

事態が複雑になるのを憂えつつも、デヴォンは勝利感にひたらずにはいられなかった。さて、まずは段取りをつけてしまわないと。本人はまだ知らないが、アシュリーはミセス・デヴォン・カーターになる予定なのだ。

デヴォンはからみあった手足を慎重にはずしたが、用心する必要はなかった。熟睡しているアシュリーは、彼の体が完全に離れても、むにゃむにゃと寝言をつぶやいただけだった。

デヴォンはバスローブをはおり、ベッドをふりかえった。そして目が離せなくなった。窓から差しこむ陽光が、アシュリーの体を光で包んでいる。

美しいアシュリー。

きみはぼくのものだ。

前の晩に脱ぎすてた上着のポケットから、指輪の入ったケースをとりだし、デヴォンは部屋を出た。アシュリーがめざめたら、つぎの一手を実行するとしよう。

アシュリーはもぞもぞと身動きし、ゆっくり伸びをし、まばゆい日の光に目を細めた。しばらく目をつぶったまま、大きなベッドのぬくもりとここちよさを堪能する。デヴォンのベッドだ。

満足のため息が出た。気の重いことリストのいちばん上にあった、ロストバージンはすんでしまった。しかも夢のような状況で。甘い夜。ロマンチックなふたりきりのディナー。デヴォンはあのすばらしい目でわたしを見つめ、きみはぼくのものだとささやいた。ああ……最高の気分だ。

そこでアシュリーはベッドにデヴォンがいないことに気づき、眉をひそめてあたりを見まわした。

デヴォンはバスルームの入口にいた。ゆるくはおったローブの合わせ目から裸の胸もとをのぞかせ、無言でこちらを見つめている。アシュリーは不思議な胸騒ぎを感じた。

ふと、あざやかな色彩が目の片隅でちらついた。みずみずしい赤い薔薇《ばら》が一本、シーツの上に置いてある。だが、アシュリーを心底驚かせたのは、華麗な光を放つダイヤのリングの横に置かれた小さなカードだった。

頭にどっと血が流れこみ、アシュリーはぽかんと口をあけたまま、目の前に並んだ品々を眺めた。ひじをついて起きあがり、指輪に手を伸ばす。緊張のあまり手が震え、ベルベットのケースごと落としそうになった。

なにかのまちがいかもしれないと、もう一度カードに目をやる。だが、やっぱりそこには、デヴォンの整った筆跡で、こう書いてあった。


〈結婚してくれ〉


「信じられない」声がかすれた。

ふいに、すべてが自分の妄想のような気がして、アシュリーはいそいで視線を上げた。デヴォンはまだそこにいて、端整な顔に、甘い笑みを浮かべていた。

「本気なの？」アシュリーは小さな声で言った。

デヴォンの笑みが広がった。「本気さ」

アシュリーは薔薇も、指輪も、カードも――すべてを放りだして、彼の腕のなかに飛びこんだ。

デヴォンは一歩下がり、笑いながら、キスの雨を顔じゅうに受けた。

「もちろんイエスよ！　デヴォン、イエスだわ！」

一度強く抱きしめてから、デヴォンはゆっくりアシュリーを床に下ろした。「ふつうは指輪をはめてみせるものだけどね」

アシュリーは自分の手を見つめ、それからベッドをふりかえった。「どうしよう！　わたし、どこに置いたのかしら？」

デヴォンはやれやれと首をふり、アシュリーをベッドに座らせてから、彼女の背後に手を伸ばした。

そしてアシュリーの手をとり、薬指にダイヤのリングをはめた。陽光を受けて、石はいちだんと透明な輝きを放った。

「デヴォン、すごくきれいだわ」

アシュリーは彼の首に手をまわして抱きしめた。「大好きよ。ぜんぶ準備しててくれたのね」

デヴォンはそっとアシュリーの手をはずし、ひざの上にお行儀よくのせてやってから、彼女の目を見つめた。

「ぼくは長い春は望まない」

わたしが望むとでも思った？　アシュリーはにっこり笑った。「同感だわ」

「本音を言えば、いますぐにでも結婚したい」デヴォンは視線をそらさずに言った。

アシュリーは眉をひそめ、下唇をかんだ。「わたしはそれでもいいけど、家族がどう思うかわからないわ。ママにとってわたしはたったひとりの娘だから、盛大な結婚式にしたがると思うのよ。派手なパーティーは好みじゃないけど、大々的に祝えないとなったらママは傷つくかもしれないわ」

デヴォンは彼女の頬に触れた。

「ご家族のことはぼくに任せてくれ。それももう考えてあるんだよ。最高の式を挙げよう――きみのお母さんにも満足してもらえるような式を。安心してくれ、きみの家族もぼくたちのプランに反対なんかしないさ」

アシュリーは喜びのあまり飛びあがりたい気分になった。「みんなに話すのが待ちきれないわ！　ねえ、すてきだと思わない？　わたしが結婚なんて、みんなびっくりするでしょうね。パパはいつも早くきちんとした相手と落ち着けって言うのよ。わたし、まだそんな年じゃないのに」

デヴォンはおもしろそうに笑った。「まだ結婚したくないの？」

アシュリーはぎょっとしたようにデヴォンを見つめた。「まさか！　わたしは運命の相手を待ってたって言いたかったのよ。つまり、あなたをね」

「それが聞きたかった」デヴォンはつぶやいた。

そして身を乗りだし、アシュリーのひたいにキスした。

「ゆっくり泡風呂につかって、昨夜の疲れをとっておいで。それから朝食にしよう」

頬が燃えるように熱くなったが、アシュリーはしおらしくうなずいた。早くふたりの未来を語りあいたい。

ミセス・デヴォン・カーター。なんてすてきな響きだろう。それにこの指輪……アシュリーは視線を落とし、薬指に燦然《さんぜん》と輝くダイヤに目を奪われた。

「気に入ったかい?」からかうようにきく。

アシュリーは急にまじめな顔をしてデヴォンを見あげた。

「とっても気に入ったわ、デヴォン。信じられないくらいきれいだもの。でもね、あまり高いものをくれなくてもいいのよ。あなたがくれるものなら、わたし、なんだって好きになるわ」

デヴォンは頬をゆるめた。「知ってるよ。でも特別なものを贈りたかったんだ」

心臓が胸のなかで飛びはねた。

「ありがとう。ほんとに完璧だわ。なにもかも完璧」

デヴォンはもう一度、長く甘いキスをした。唇が離れたとき、彼の目は欲望に燃えていた。

「早くバスルームに行っておいで。でないと朝食のことを忘れてしまいそうだ」

「朝食？」アシュリーはささやいた。「どうしても食べなきゃいけない？」

デヴォンは欲望を抑えるようになった。

「きみを傷つけたくないんだよ、アッシュ。どんなに誘惑されても、きみの昨日の傷が完全に癒えるまでは待つつもりだ」

アシュリーは唇をとがらせた。

「むくれたきみはかわいいけど、今回だけは効かないよ。さあ、ベッドから抜けだしてバスルームに行っておいで。朝食の用意ができるのは四十五分後だ。長風呂する時間はたっぷりある」

バスルームの手前でふりかえったアシュリーは、小首をかしげてたずねた。

「デヴォン、昨日言ってたのはどういう意味？　これからは毎晩ここで眠ることになるって言ってたでしょう」

デヴォンは立ちあがり、ローブの前をかきあわせた。そして真剣な目でアシュリーを見た。

「言葉どおりの意味だ。できるだけ早くここに越してきてくれ。必要なものはなんでも持ってきていいよ。きみはぼくのものだ、アッシュ。この先ずっと、きみはぼくのベッドで眠るんだ」

4

「おまえの野望もいよいよ大詰めってわけか」キャメロン・ホリングスワースは、部屋の反対側で女性陣に取りかこまれているアシュリーを眺めながら言った。

デヴォンはワインを口に含んだが、味わう心境ではなかった。胸の奥に苦い澱《おり》が積もっている。ワインがすこしでもうしろめたさを追いはらってくれるよう願いつつ、ひと息に飲みくだした。

これが婚約披露パーティーであることは、招待客のだれもが当然知っているはずだが、ゲストが全員そろってから発表したいというのがアシュリーの主張だった。

「もうおじけづいたのか？」キャムがつめたく言った。「やけに口数がすくないが」

デヴォンは顔をしかめた。「うるさいぞ。賽《さい》は投げられたんだ。いまさら後戻りはできないさ。式が終わりしだいコープランド側から最終回答が届き、合併プランが始動する手はずになっている。ハネムーンから戻ったら、おまえとライアン、レイフと打ち合わせをさせてくれ」

キャムは眉を上げた。「ハネムーン？　そんなものに行くつもりなのか？」

「便宜結婚だからって、アシュリーがハネムーンに行けないって法はないさ」デヴォンはもごもごとつぶやいた。

キャムが肩をすくめた。「いい考えだ。せいぜい幸せにしてやれよ。娘の幸せは父親の幸せだ。父親に泣きつかれでもしたら一巻の終わりだぞ」

デヴォンはしぶい顔をした。「ばか言うな。アシュリーは……」

「アシュリーは？」キャムが先をうながした。

「アシュリーは父親の裏工作をまるで知らないんだ。これは大恋愛の果てのロマンチックな結婚だと思ってる。ハネムーンに連れていかなかったら、おかしいと思うだろう」

キャムはうめいた。

「罪作りなことをするもんだな。いつかばちが当たるぞ」

「まったく、おまえと話してると元気が出るよ」

キャムは降伏するように手を上げた。「忠告したかっただけさ。真実を話してやれよ、だまされて喜ぶ女なんかいない」

「そして婚約を破棄されろっていうのか？」

デヴォンはため息をつき、首をふった。キャムがつらい過去を背負っているのは知っている。親友が皮肉屋なのは責めるつもりはない。だが、いまは皮肉を聞きたい心境ではなかった。

「この合併でみんなが利益を得るんだよ」キャムが返事をしないので、こうつづけた。「望んだ結婚じゃないが、アッシュに不満はない。みんなが得をするんだ。おまえも、ぼくも、ライアンも、レイフも、アシュリーも、彼女の父親も含めて、全員がだ」

「だったら好きにすればいい。どうなろうとぼくはおまえの味方につくよ。でも、ひとつだけ言わせてくれ。仕事のために無理に結婚する必要はないんだ。ほかの合併先を見つければいいだけの話だ。挫折ならいままでにもあったじゃないか。ぼくたちはだれも、おまえに犠牲になってほしいなんて思ってない。レイフとライアンは幸せの絶頂にいる。おまえだってそうなっちゃいけない理由はないさ」

デヴォンは鼻を鳴らした。「急に楽天的になったな。心配するな、キャム。ぼくの人生に愛なんて必要ない。ほかに結婚したい女がいるわけじゃなし、アシュリーで満足するさ」

キャムは腕時計に目をやった。「未来の花嫁が手招きしてるぞ。そろそろ時間じゃないか？」

デヴォンは自分のワイングラスをキャムに渡し、客のあいだを縫うようにして、親戚と友人の輪の中心にいるアシュリーに近づいた。

今夜のアシュリーは光り輝いている。ものおじせずに笑顔をふりまき、だれにでも話しかけるのが、彼女のやり方だ。

デヴォンが近づくと、アシュリーは飛びつかんばかりに彼の手をつかまえ、輪のなかにひっぱりこんだ。デヴォンはまわりの女たちにほほえみかけたが、名前にも顔にも注意は払わず、ころ合いを見はからってアシュリーに耳打ちした。「そろそろいいんじゃないか?」

アシュリーはぱっと顔を輝かせ、にっこりほほえんで彼の手を握った。

「みなさん、ちょっと失礼」デヴォンはそう言うとアシュリーを連れてキャムのところに戻った。キャムのまわりにはだれもいない。キャムには人を近よらせない雰囲気があるのだ。客の注意を引きつけ、婚約を発表するにはうってつけの場所だった。

「こんにちは、キャム」アシュリーは屈託なく声をかけた。

そしてキャムを抱きしめた。キャムは照れたように笑い、抱擁から抜けだした。

「やあ、アッシュ」頬にキスをする。「ここでぼくといっしょに、デヴォンのまぬけぶりを観察しよう」

デヴォンはキャムをひとにらみし、アシュリーの手をひっぱって自分の横に立たせた。

キャムは笑いながら、空のワイングラスとスプーンを差しだした。

「なんだこれは?」デヴォンはたずねた。「グラスを鳴らして注目を集めろっていうのか?」

キャムは肩をすくめ、スプーンを捨てた。それから指をくわえ、するどい口笛を吹いた。

「みなさん、ご注目を。デヴォンから発表があります」

「どうも、キャム」デヴォンはつめたく言うと、アシュリーの友人と親戚一同のほうを向いた。視線が矢のように突き刺さる。アシュリーのために場の空気を完璧に盛りあげろ、と期待する視線だ。

やれやれ。なんてプレッシャーだ。

デヴォンはせき払いし、へまをしないようにと真剣に祈った。

「今夜、みなさんをお招きしたのは、特別な出来事をいっしょに祝っていただくためです」いとおしむような目をアシュリーに向け、手を握りしめる。「アシュリーが、ぼくのプロポーズに応えてくれました」

拍手と歓声がわき起こった。アシュリーの両親が愛娘《まなむすめ》を見つめている。ウィリアムは上機嫌にデヴォンにうなずきかけ、母親は目もとをぬぐってアシュリーにほほえみかけた。

「どうかみなさん、数週間後の結婚式にもご出席いただき、夫婦としての門出を見守ってください。それがぼくたちふたりの願いです」

デヴォンはワイングラスをかかげ、はじけるような笑顔のアシュリーにもう一度目を向けた。「ぼくを世界一幸せな男にしてくれた、アシュリーに」

部屋じゅうに乾杯の音が響き、デヴォンとアシュリーを祝う言葉がとびかった。

「真に迫ったスピーチだったな」キャムが耳打ちした。「みんな信じたようだ」

デヴォンはキャムを無視してアシュリーの腰に手をまわし、祝辞を述べにやってきた人々に向きあった。

人々がつぎつぎに押しよせ、デヴォンに満面の笑みを向け、背中をどやしつけた。親戚連中はひとり残らず〝うちの娘〟を大事にしろ、と釘《くぎ》を刺さずにはいられないようだった。

「いつでも切りあげてね」アシュリーが耳打ちした。「うちの親戚につきあうのは大変でしょう」

デヴォンは思わず笑いそうになった。保護者役は引き受けたつもりでいたが、アシュリーはこのぼくを守ろうとしているのだ。

「心配しないで。きみに楽しんでほしいんだよ。きみのための夜だからね」

アシュリーはとまどったように彼を見あげた。

「あなたの夜でもあるのよ」

「もちろんそうさ。きみの親戚と友達が集まってるんだから、目いっぱい楽しんでおいで」

アシュリーはうれしそうにほほえむとデヴォンの頰にキスし、客たちの対応に戻った。

「アシュリー、アシュリー！」

若い女が人ごみをかきわけ、男をひとり引きずるようにして突進してきた。男はすこし恥ずかしそうだが、甘やかすような笑みを浮かべている。デヴォンはこのカップルを観察し、女の外見がかなりアシュリーに似ていることを見てとった。性格のほうもかなり共通点が多そうだ。たぶん、掃いて捨てるほどいるいとこたちのひとりだろう。

「ブルック！」アシュリーが声をあげ、手を伸ばした。ブルックはアシュリーにぶつかる寸前で急停止し、白い歯を見せて笑った。

「ニュースがあるの。ねえ、なんだと思う？」ブルックは息を切らしながらたずねた。

「なぞなぞはやめて。わたしが苦手なの、知ってるでしょ」アシュリーが答えをせかした。

「妊娠したの！　ポールとわたしの赤ちゃんよ」

アシュリーの歓声は部屋のすみずみまで響きわたった。デヴォンは首をすくめ、まわりを見た。ほぼ全員がこっちを見ている。

「ああ、ブルック、すごいわ！　いつわかったの？　妊娠してどのくらい？」

「三カ月目よ。わかったときに報告しようと思ったけど、あなたはそのころからデヴォンに夢中だったし、ふたりが結婚しそうだって聞いたから、邪魔しちゃいけないと思って――」

「メールくらいくれてもよかったのに」とアシュリー。「ねえ、ブルック、あなたがおめでただなんて、わくわくするわ。妊娠ってどんな感じ？　さぞかしうれしいでしょうね。わたしにもすぐに赤ちゃんができて、赤ちゃんどうしがいっしょに遊べたらいいのに」

アシュリーの声はどんどん大きくなり、あふれだす喜びは周囲の注目を集め、だれもが鷹揚《おうよう》な笑みを向けた。

アシュリーは興奮のままに早口でまくしたて、ふりまわした手が、あやうくウェイターにぶつかりそうになった。デヴォンとキャムがすばやくトレイを支えなかったら、大惨事になっていただろう。アシュリーは周囲の混乱には気づきもせず、夢中でしゃべりつづけていた。

そして衝動的にブルックを抱きしめた。これで三度目だ。それからポールをハグし、またブルックを抱きしめ、そのあいだずっとうれしそうに笑いつづけていた。

キャムがふっと笑い、首をふった。

「おまえも大変だな、デヴォン。彼女につきあってたら、その石頭もへにゃへにゃになるかもしれないぞ」

「ほかにいびる相手が見つからないのか？」デヴォンは鼻を鳴らした。

キャムはもう一度アシュリーに目を向けた。デヴォンは親友の目にあたたかな感情が浮かんだのを、たしかに見たと思った。

「いい子だ」キャムはワイングラスを脇に置いた。

「いい子？」

キャムは落ち着きなく足を動かした。「アシュリーは底抜けに明るい、そうだろ？　それに……裏表がない。おまえは運がいいよ」

デヴォンは笑いだした。「アシュリーが気に入ったんだな。筋金入りの人間ぎらいのくせに」

「彼女はきらいじゃない」キャムはもごもごと言った。

「なのに、ぼくの結婚には反対なのか？」

「しっ。アシュリーに聞こえたらどうする」キャムが小声で言った。

だがアシュリーはすでにデヴォンのもとを離れ、ブルックや、朗報を耳にして集まってきた仲間といっしょに抱きあって喜んでいた。いま地面が割れてビルごと全員をのみこんだとしても、アシュリーは気づきもしないだろう。

「アシュリーがいい子で、きらいじゃないと思ってるなら、どうして結婚に反対するんだ?」デヴォンは食い下がった。

キャムはため息をついた。「アシュリーが傷つくのは見たくないんだよ。おまえが真正面から彼女に向きあわないかぎり、いつかそうなるはずだ。女には、男の心が自分に向いてないことに気づく能力がそなわってるからな」

「ぼくの心がアシュリーに向いてないって?」

キャムは眉を上げた。「どう見てもおまえは未来の花嫁に夢中じゃないよ」

デヴォンはあたりを見まわし、だれにも聞かれていないことをたしかめた。とくに、アシュリーの過保護な家族には。「真相を知ってるのは、おまえとレイフとライアンだけだ。ほかのだれにも、結婚の理由を悟られるようなへまはしてない」

キャムはまた肩をすくめた。「かもしれないな。なまじ真相を知ってるせいで、花嫁に比べて花婿のしらけぶりが目につくのかもしれない」

「アシュリーを傷つけるつもりはない」デヴォンは歯を食いしばった。「大事にしてやるつもりだ」

「ほら、お呼びだ」キャムはアシュリーのほうをあごで示した。「ぼくはアシュリーにあいさつしたら、そろそろ帰るとしよう」

デヴォンはアシュリーの隣に並び、いとこのひとりを紹介されるあいだ、熱心に耳を傾けるふりをした。そしてキャムがアシュリーにおやすみを言い、両頬にキスするのを待った。

だが、頭のなかは、キャムとの会話をふりかえるのに忙しかった。

ぼくはしらけているように見えるのか？　あと一歩ですべてが手に入るというときに、しくじるわけにはいかない。

なんのために泥沼からはいあがってきたんだ？　もしもこの合併の成立条件が悪魔との結婚なら、防火素材のスーツを着て式にのぞむまでだ。

5

デヴォンのアパートで寝起きするようになって一週間もたつのに、いまだに寝室に入るたびにどきどきする。

サテンのナイトガウンに着替えていると、デヴォンの笑い声が沈黙を破った。アシュリーは眉間にしわをよせてふりかえった。

「なにがおかしいの？」

「きみだよ。毎晩時間をかけてそのかわいいナイトガウンに着替えたあげく、ベッドに入ったとたんに脱いでしまう。最初から着なければいいのに」

頬が熱くなった。

「それは……厚かましいような気がして。あなたがしたがってるって決めつけてるみたいじゃない？　その……あれを」

「セックスを？」

アシュリーは真っ赤になってうなずいた。

デヴォンはにやりとしてアシュリーを抱きよせた。

「ぼくはいつもきみを抱きたがってると思ってくれていい。保証しよう……」じらすようなキスだ。「ぼくはいつだって……」耳を甘がみされた。「したがっている……」首の動脈をなめられると、アシュリーのひざはがくがく震えた。「きみとのセックスを。たとえ体じゅうにギプスをしてたって、頭のなかでするさ」

アシュリーは声を出さずに笑った。「男の人はセックスのことしか考えないっていうけど、ほんとうね」

「ときどきは食べ物のことも考えるよ」

今度は声を出して笑った。「ママはわたしがあなたとほぼ同棲《どうせい》してると知って、ショックを受けてるの」

「ほぼじゃない」デヴォンはアシュリーの肩ひもをそっとずらしながら言った。「完全な同棲だ」

アシュリーは肩をすくめた。

「ママは気絶しちゃうわ。パパはあまり騒ぎたてるなって言ってくれるんだけどね。すぐに結婚するんだし、その前に試す期間を持つのはいまどき当たり前のことだって。それに比べてエリック兄さんはすごい石頭なのよ。この街の半分の女と寝てるような男との同棲を許すなんて、パパはどうかしてるって――あ、これは兄さんが言ったことで、わたしじゃないわよ」

デヴォンはさっと体を起こし、あっけに取られたように彼女を見つめた。「きみはいつもそんなふうなのか?」

「そんなふうって?」

「頭に浮かんだことをそのまま話す」

アシュリーは眉をひそめた。

「そうね……そうかもしれない。よく考えたことはないけど。とにかく兄さんの言うことは気にしないで。男の人がわたしに気のあるそぶりを見せたとたん、その人をけなしはじめるんだから」

「きみに気のあるそぶりを見せたやつらと、結婚まで申しこんだぼくが、同等に見られるのは心外だな」デヴォンはゆっくり言った。

「兄さんはそういう人なの。ひと言言わずにはいられないのよ」

「念のために言っておくと、ぼくは街の半数の女と寝てはいないぞ」

アシュリーは彼の首にしがみつき、抱きしめてキスした。

「あなたのつきあう相手がわたしだけなら……この先のことよ？　わたしは過去なんて気にしない」

「この先？　ああ、もちろんさ。それに現在もだ」

ベッドに押したおされながら、アシュリーは期待に身を震わせた。たった一週間前にバージンを喪失したばかりの身としては、悪くない進歩だと思う。デヴォンは毎晩、わたしの想像していた場所に連れていってくれる。想像がおよばない場所にも。

これがデヴォンと歩む人生のお試し期間だとしたら、わたしはまちがいなく幸せな女になれそうだわ。


「今朝の会議には、ウェブを通じてライアン・ビアズリーとラファエル・デ・ルカも参加してくれる」デヴォンがそう言うと、壁面のモニターにふたりの友人の顔が映しだされた。

「ライアンがいるのはセント・アンジェロ島の建設現場だ。わが社の旗艦リゾートは着工したばかりだが、完成したあかつきには、このリゾートが、今後建設されるすべてのコープランド・ホテルのモデルになる。おはよう、ライアン。進捗状況を教えてくれ」

デヴォンはライアンに話をふると、椅子にだらしなく腰かけたキャムに目をやった。進捗は聞くまでもない。目下のところ、ライアンの最大の関心事はいつ出産してもおかしくない妻なので、工事についてはデヴォン自身が現場監督と密接に連絡を取りあい、問題があればすぐに対処できるようにしていた。

キャムの服装はこの場にふさわしくない。ビジネスの世界では見た目がすべて、という格言をまるで気に留めていないのだ。他人のおもわくにほとんど関心を払わない。キャムにはそのほうが自然なのだ。泥沼からはいあがってきたぼくとはちがい、こうなるように生まれついた男だ。

外見だけで判断すれば、キャムはこれからビーチに出かけると思われてもおかしくない。それかビールと葉巻を相手にくつろいだ一日を過ごすか。ほんとうは酒もタバコもやらないのだが。キャムには悪癖というものがない。

いやみなほど完璧なやつめ。

トライコープ社の社員たちはライアンの報告に注意深く耳を傾けている。てきぱきとメモが書き留められ、秘書の手で詳細な議事録が作られていく。室内には期待するような雰囲気が満ちていた。まもなく大規模な合併話が発表されることに、みんなうすうす感づいているらしい。

それを延期しようかと思ったのは、ぼくの甘さゆえの迷いだろう。ぼくは年を取ったせいで丸くなったのか？　それとも、成功者にはなれない負け犬なのか？　あろうことかぼくは、喉から手が出るほどほしかったものが目の前にぶらさがっているのに、手を伸ばすのをためらった。それどころか、ウィリアム・コープランドをたずね、合併を発表するのは六カ月延期しようと提案さえした。結婚と合併にはなんの因果関係もないとアシュリーに信じさせておきたい一念からだ。ウィリアムはしぶい顔をし、予定どおりにすすめようと主張した。

アシュリーの反応を心配しすぎだ、というのがウィリアムの意見だった。娘はきみを愛している、それはだれの目にも明らかだ、と。アシュリーが未来の夫に夢中だという事実が全世界に知れわたっているのかと思うと、デヴォンは冷や汗をかいた。

それに、とウィリアムはつけ加えた。アシュリーはビジネスにはさっぱり興味がないから、この筋書きに気づくはずがない。娘を多忙かつ幸せにしておけというのが、きみへのアドバイスだ。

突然きらきらした音楽が鳴りだしたのは、ライアンの報告が佳境にさしかかったときだった。部下たちがきょろきょろと周囲を見まわす。

デヴォンは顔をしかめた。どうやら着信音らしいが、こんなど派手なメロディを鳴らすとは……。

じょじょに全員の視線が集まり、デヴォンはやっと気づいた。鳴っているのは、ぼくの携帯だ。

「どういうことだ」デヴォンはつぶやいた。

キャムが忍び笑いした。

ポケットから携帯電話をひっぱりだすと、液晶にはアシュリーの名前があった。デヴォンはあやうく大声でうめきそうになった。

「ちょっと失礼」立ちあがりながら言う。

キャムのおもしろそうな表情にいらだちながら、ドアにいそぐ。あいつめ、だれがかけてきたかわかったらしい。

会議室の外に出ると、デヴォンは通話ボタンを押して携帯を耳に当てた。「はい、カーターですが」

アシュリーはそっけないあいさつにもひるみはしなかった。

「もしもし、デヴォン。調子はどう？」

「ああ、悪くないね。それより、どうかしたのか？　仕事中なんだが」

「ううん、べつに用はないの」緊張感のかけらもない声だ。「愛してるって伝えたかっただけ」

なんだ、それは？　どう答えればいいんだ？　デヴォンはせき払いした。「アッシュ、ぼくの携帯の着信音を変えたかい？」

「ええ、そうなの。変えておいたわ。わたしからの電話だってわかるように、ティンカーベルのテーマをダウンロードしたの。なかなかいいでしょう？」

デヴォンは目を閉じた。あのちゃらちゃらした能天気なメロディのおかげで、ぼくは会社じゅうの笑いものになるだろう。キャムがこのネタで未来永劫《みらいえいごう》ぼくをいじりつづけるのは言うまでもない。

「いいね」デヴォンは歯を食いしばって言った。「今夜会えるかな。九時から夕食でいいかい？」

「ええ、もちろん。八時までアニマル・シェルターにいる予定だから、レストランで合流しましょう」

デヴォンは眉をひそめた。「足はどうする？」

「タクシーをつかまえるわ」

やれやれ。

「八時に車を迎えに行かせるから、それまでシェルターにいてくれ」

アシュリーはため息をついたが、それ以上反論はしなかった。「それじゃ、いい一日を過ごしてね、デヴォン。夜が待ちきれないわ」

「ありがとう。きみもいい一日を……」

電話はすでに切れていた。

デヴォンはしばらく電話を見つめ、いくつかボタンを押してみた。どうやって着信音を変えたんだ？　だれか専用の着信音を設定したことは一度もない。電話が鳴り、相手の名前が表示され、出たければ出る。出たくなければ留守電にまわす。それだけだったのに。これからはアシュリーから着信があるたび、妖精だかお姫さまだかのテーマが高らかに鳴り響くことになる。

アシュリーがしょっちゅう電話をしてきたら、どうなるんだ？

悪い予感は的中し、アシュリーは毎日の電話を欠かさなかった。さらに困ったことに、タイミングもばっちりだった。アシュリーはまるで狙いすましたように、会議の最中か、デヴォンが人に囲まれているときにかけてくるのだ。

たてつづけに同じ目に遭ったあと、デヴォンは携帯を消音のバイブモードにしておくことに決めたが、二回ほどうっかり忘れ、会議中にティンカーベルのテーマの不意打ちをくらった。

二週間後、デヴォンを見る人々の顔に、寛大な微笑が浮かぶようになった。哀れむような目で見る連中もいた。女性社員たちはくすくす笑い、いまいましいキャムは腹を抱えて笑った。

デヴォンは携帯をハドソン川に捨てたくなった。

6

「デヴォン？」

デヴォンはタオルで頭をふきながらバスルームを出た。アシュリーはベッドに腹ばいになり、頬づえをついて足を空中でぶらぶらさせている。

繊細な顔だちにかすかなしわがよっているのは、なにか考えこんでいる証拠だ。デヴォンは一瞬、きくのをためらった。アシュリーの頭からは、なにが飛びだしてくるかわからない。

デヴォンはベッドの端に腰かけ、アシュリーの背中を撫《な》でた。

「どうしたんだい？」

「わたしたち、どこに住む？　結婚したあとのことよ。まだ話しあってなかったでしょう」

「ここに住めばいいんじゃないか？」

アシュリーはしかめっ面になった。「あら」

「いい意味の〝あら〟じゃなさそうだね。この部屋は気に入らないかい？　きみの部屋より広いし、ふたりで住むにはちょうどいいと思ったんだが」

アシュリーはぱっと身を起こし、足を組んで座り直した。「気に入ってるし、すてきな部屋だとも思ってるわ。ただ、ちょっと男っぽいというか、独身貴族のひとり住まいって感じがして。子どもやペットを育てるのには向かないんじゃない？」

「ペット？　動物には興味がないな」

アシュリーはしょげた顔になり、デヴォンは落ち着かない気持ちになった。アシュリーはめったに暗い顔をしない。そして、さみしそうなアシュリーを突き放すのはとても難しい。彼女がいつもにこにこしているせいだろうか。

「田舎暮らしがわたしの夢なの。子どもたちとペットが走りまわって遊べるような家でね。ニューヨークは、子どもを育てるには不向きだわ」

「この街に家族で住んでる人は大勢いるよ。きみだってここで育ったんじゃないか」

アシュリーは首をふった。「ずっとじゃないわ。十歳のとき引っ越してきたの。それまではだだっぴろい農場に住んでたのよ。すくなくとも、パパが買うまでは農場だった場所にね。楽しかったな」

彼女の沈んだ声は、ひどくこたえる。

「それは時期がきたら話しあおう」自然に慰めるような言い方になった。「いまぼくの頭は、きみを妻にすること、だれにも邪魔されずに一週間のハネムーンを過ごすこと、それからきみが完全にここに越してくることでいっぱいなんだよ」

アシュリーはほほえみ、デヴォンのあごにキスした。「あなたのそういうしゃべり方、好きよ」

デヴォンは眉を上げた。「どういうしゃべり方だい?」

「いっしょになるのが待ちきれないって感じ」

アシュリーは体をすりよせ、腰に手をまわしてきた。デヴォンはまた胸が奇妙にざわめくのを感じた。落ち着かない感覚だが、消えてほしくはない。

「もうすぐだよ」デヴォンは言い、ふと言葉をつけ足したいという欲求にかられた。アシュリーを元気づけ、自分から離れたくなくなるような言葉を。「どこに住むかは、またいつでも話しあえるよ。いまのところは、おたがいに相手のことだけに集中しよう」

アシュリーは青い目をきらきらさせてデヴォンを見あげた。「もうひとつきいてもいい?」

「もちろん」

「相手に集中するっていうのは、家族を持つには早すぎるって意味なの？　子どものことは、真剣に話しあったことはなかったわよね。前にも言ったけど、わたしはいますぐの妊娠でも大歓迎だけど、あなたがどうしたいかはきいたことがないから」

ふいに、自分の子どもを宿した大きなおなかを抱え、輝くように笑う美しいアシュリーが頭に浮かんだ。熱い想《おも》いと独占欲が自然にわきあがり、デヴォンはとまどった。

結婚、妻、およびその付随的結果としての子どもたち。以前のデヴォンはそれらを、やるべきことリストの一項目としてとらえていた。ビジネス上の達成目標の、下にくる項目として。

ところがいま、冷静に分析する時間もないままに、結婚と、妻と、子どもたちという問題が目の前に突きつけられている。

ぼくがどうしたいかって？　じつにするどい質問だ。

いつからか、アシュリーとの結婚を、退屈な任務のひとつだとは思わなくなっている。押しつけられた相手だが、正直言って、不満はない。アシュリーは頭の回転が速い。そして、やさしく愛情ゆたかな、まっすぐであたたかい心の持ち主だ。きっと完璧な母親になるだろう。ぼく自身の母よりもずっといい母親に。さて、ぼくはいい父親になれるだろうか？

「デヴォン?」

アシュリーが心配そうに見あげていた。その不安を追いはらってやりたくなり、デヴォンは衝動的にひたいにキスした。「考えてただけだよ」

「せかしちゃったのなら、ごめんなさい。パパはいつもわたしがせっかちだって言ってたわ。自分ではどうしようもないのよ。なにかに夢中になったら、すぐに飛びつかずにいられないの」

思わず頬がゆるんだ。たしかに正確な描写だ。アシュリーは人生をまるごと抱きしめている。つまずくことをおそれもせずに。なにかに打ちのめされたことはあるのだろうか?アシュリーのような人種は、ぼくにとって永遠の謎だ。

デヴォンは彼女を抱きよせ、ひざの上にまたがらせた。「ぼくが考えたのは、きみが完璧な母親になるだろうってことだ。きみがぼくの子どもを妊娠したところを想像して、その想像がとても好きになったよ。それからもうひとつ考えたんだが、ぼくがいままで避妊しなかったのは、無意識のうちにきみが妊娠することを望んでたからかもしれない」

アシュリーはため息をつき、とろけるように彼の胸にもたれかかり、体重を預けた。

「そう言ってくれるといいなと思ってた。つまり、子どもがほしいってことだものね。絶対にすぐに作りたいってわけじゃないのよ。頭の片隅ではもうすこし待ったほうがいい気もするし。でも、大勢の家族に囲まれて暮らすのは昔からの夢だったし、子どもが高校を卒業するころに年を取りすぎていたくないのよ」

「避妊してないことはわかってただろう?」デヴォンは甘い声でささやいた。

「あなたは困る?」心配そうにきいた。「もし、結婚する前にわたしが妊娠したら」

デヴォンは笑った。「防げたはずのことであわてるなんて、しらじらしいにもほどがあるよ」

「たしかめたかっただけ。いやなスタートは切りたくないの。なにもかも……完璧にしたいから」

デヴォンは指先でアシュリーの鼻に触れ、目もとをなぞり、顔の横を撫でおろした。

「ひょっとして、妊娠してる気がするのかい?　だからそんなことをきくのか?　怖がらずになんでも話してくれ。ぼくはきみを責めたりしないよ。自分にも責任があるとなれば、なおさらだ。ぼくが抱いたとき、きみは初めてだった。避妊については完全にぼくの責任だ」

アシュリーは首をふった。「ううん、そんな気はしないわ」

ひたいをくっつけると、長い年月を共にしたおしどり夫婦になったような気がした。皮肉なことに、ぼくはアシュリーをだましておきながら、アシュリーを信じている。アシュリーといると心地いい。不思議な安心感がある。ウィリアム・コープランドの強引な縁結びにも、けっきょくは一理あったのかもしれない。

「きみが妊娠していたら、すばらしいと思うよ。ほんとうに。もしそんな気がしたら、すぐに教えてほしい。なかなか妊娠しなかったら、治療することにしよう。それでいいかな?」

アシュリーはにっこり笑い、ほんのり頬を染めた。「いいわ」

「さて、そろそろベッドにもぐりこんで、悪い子のきみを見せてもらいたいな」

頬がますます赤くなり、アシュリーは恥ずかしそうにうつむいた。

デヴォンは彼女の耳をかみ、息をふきかけるようにそっとささやいた。「きみが妊娠するように全力を尽くすよ」

驚いたことに、アシュリーはデヴォンを押したおした。上からのしかかるように顔をのぞきこみ、謎めいたほほえみを浮かべる。それから真剣な目をした。「愛してるわ、デヴォン。わたしは地球上でいちばん幸せな人間よ。結婚して、公式にあなたのものになる日が待ちきれないわ」

唇をふさがれたデヴォンは、アシュリーは完全にまちがっていると思った。いちばん幸せなのは、きみじゃないさ。

7

「アシュリー、じっとしてないと、ヘアもメイクも永久に終わらないってば」ピッパがじれて叫んだ。

「だから美容師に頼めって言ったのに」髪をくしけずるタビサをもどかしそうに見守っていたシルヴィアが口を出す。

「タビサがその美容師でしょ」アシュリーが反論する。「それも一流のね。せっかくの結婚式だもの、一流どころに頼みたいじゃない。それにカーリーよりメイクに詳しい人なんている？」

ピッパが鼻を鳴らした。「そりゃそうよ。化粧品会社はカーリーに宣伝費を払うべきだわ」

「アッシュ、目をつぶって」とカーリー。「今度はマスカラよ。ほんのちょっとだけね。晴れの日にダマだらけのまつげなんていやでしょ」

アシュリーは頰をふくらませた。「もちろんよ」

「そろそろ終わる?」アシュリーの母が戸口から顔をのぞかせた。「あと十分で時間よ」

「十分?」タビサが悲鳴をあげた。「だめだめ。おばさま、なんとか延ばせません?」

「自分の結婚式に遅刻するつもりはないわ」アシュリーは断固として言った。「いそいで、タビサ。あとはシニヨンにベールをかぶせるだけよ」

「かぶせるだけって」タビサがぼやいた。「簡単に言ってくれるじゃないの」

あきれ顔のシルヴィアがタビサとアシュリーのあいだに割りこみ、優雅なシニヨンに手早くベールを留めた。「ほら、できたわ。すごくきれいよ」

「あとはリップグロスで完成」カーリーが宣言した。「キスしたくなる顔のできあがりよ」

アシュリーがちゅっとキスの音をたてると、カーリーは一歩下がり、アシュリーの姿が鏡に映るようにした。

「ああ、みんな」アシュリーがつぶやいた。

親友たちは鏡のなかの彼女を見つめ、いっせいににっこりした。

「きれいね」ピッパの目には涙がにじんでいる。「いままで見たなかでいちばんきれいな花嫁よ」

「ほんとだわ」タビサが同意した。

四人の親友はアシュリーを抱きしめた。

「お嬢さんたち、時間よ。エスコート役が待ちくたびれてるわ。新婦を遅刻させないようにね」母親が呼びかけた。

四人はそれぞれ花束を手に、あわてて部屋から出ていった。

「すぐにお父さんが来るわよ」母親はアシュリーに歩みよりながら言い、娘の隣に来ると、目をうるませてほほえんだ。「ほんとに大きくなったこと。きれいになったわね。母として誇らしいわ」

「泣かせないで、ママ。わたしの涙腺が弱いの、知ってるくせに」

母は笑って手をさしのべ、娘はその手を握って立ちあがった。

「さあ、ドレスを直させてね。お父さんはきっと廊下を何往復もしてるわよ。とにかく遅刻が大きらいな人ですからね」

母が着つけを手直しするあいだに、控え室のドアがノックされた。

「お父さんだわ。準備はいい？」

急に緊張し、手が汗ばんだ。それでもアシュリーはうなずいた。ああ、神さま、これは現実なの？　これからバージンロードを歩いたら、わたしがミセス・デヴォン・カーターになるなんて。

アシュリーは母親をぎゅっとハグした。「愛してるわ、ママ」

母は抱きかえした。「わたしもよ。さあ、お父さんが廊下に穴をあける前に行きましょう」

母がドアをあけると、思ったとおり、父は腕時計をにらんでいたが、ふたりに気づくと、その表情がやわらいだ。目に抑えきれない感情がこみあげ、父は娘の手を取った。

「おまえが結婚するなんて信じられないよ」詰まった声だった。「初めてしゃべり、初めて歩いたのが、ほんの昨日のような気がするのに。きれいだよ、アッシュ。デヴォンは幸運なやつだ」

アシュリーはつま先立ちになり、しわのよった頬にキスした。「ありがとう。パパもすてきよ」

ブライダル・コーディネーターがかけよってきて、三人を教会の入口に追いたて、すばやく新婦のドレスのすそを直した。

母が案内係に席まで連れていかれ、いよいよ父と娘が入場するときがきた。

音楽が鳴り、ドアがあけはなたれ、アシュリーは人々の視線を浴びながら、足を踏みだした。

握りしめたブーケが震え、ひざが笑う。ドレスが急に一トンほどの重さに感じられた。

だがそのとき、最前列にいるタビサとカーリー、シルヴィアとピッパの顔が目に飛びこんできた。みんな、はげますように笑っている。ピッパがウィンクし、親指を立ててデヴォンを示すと、自分をあおぐふりをした。

デヴォンを見つめたとたん、アシュリーは緊張と不安を忘れた。デヴォンがわたしを待っている。わたしは彼のものになるんだわ。

頭のてっぺんからつま先まで、甘いもやに包まれたまま、アシュリーはバージンロードを歩んだ。

父がアシュリーをデヴォンに託すと、デヴォンが安心させるようにほほえみ、ふたりは牧師の前に進みでた。

残念なことに、アシュリーは式の内容をほとんど覚えていなかった。かろうじて覚えているのは、誓いの言葉を述べるあいだ、デヴォンがやさしい目で見守ってくれたことと、キスの熱さだけだった。

そしてふたりは、夫婦としてバージンロードを引きかえし、教会を出た。客たちが出てくるのを待つあいだ、デヴォンはアシュリーをそっと抱きよせた。

「まぶしいくらいきれいだ」

そして二度目のキス。今度は時間をかけた、強く、情熱的なキスだった。デヴォンが身を引くと、アシュリーはぐらりとよろめき、彼の腕につかまって体を支えた。

おめでとうと口々に言う声が聞こえ、アシュリーはわれに返った。みんなが教会から出てきたのだ。

「アシュリー、写真を撮るから教会に戻って！」人の波をかきわけるように近づいてきた母が叫んだ。「みなさんお待ちかねよ。ほかのお客さまは先に披露宴会場に向かうの。あなたとデヴォンは、写真をぜんぶ撮ってから迎えの車に乗ってね」

デヴォンは何度もポーズを取らなければいけないと知ってうんざりした様子だったが、観念したようにため息をついた。

「すぐに終わるわ」アシュリーは耳打ちした。「そうしたらハネムーンに出発よ」

デヴォンはほほえみ、彼女の手をぎゅっと握った。「それがあるから我慢できる。ふたりきりでホテルに何日もこもれると思えばこそだ」

アシュリーは赤くなったが、彼の言葉にかきたてられた想像にわくわくしてもいた。ふたりきりになるのが待ちきれない。

でもその前に、この一瞬一瞬を楽しんでおきたい。人々に囲まれ、アシュリーは頬をほころばせた。いとこたち、おじ、おば、両親、兄、遠い親戚、友達。わたしはたくさんの人に囲まれている。

今日は人生で最高の日だ。

アシュリーが兄と踊りはじめると、デヴォンはワインのグラスを取りに行った。親戚のひとりと踊るべきなのかもしれないが、アシュリーの親族は多すぎて、だれがだれだかわからない。

すかさずキャムがよってきたので、デヴォンはそのタキシード姿をからかうために口笛を吹いた。

「おまえのために着たんだぞ」キャムがむっとしたように言った。「レイフのときは着なかったし、ケリーと電撃結婚したライアンは、電話での事後報告ですませてくれたからな」

デヴォンは首をふった。「こんなに長居してくれたとは驚きだよ。そろそろ洞窟が恋しくなったんじゃないか？」

キャムは鼻を鳴らした。「レイフとライアンから伝言を預かってきたのさ。ふたりとも来られなくてすまないと言っていた。どちらの奥方も出産目前だから、そばにいてやりたいんだろうな。ぼくからもおめでとうとお悔やみを言わせてもらうから、好きなほうを取ってくれ」

「口の減らないやつだな」デヴォンは言った。「結婚したからって世界が終わるわけじゃないぞ。レイフとライアンのときにはお悔やみなんか言わなかったくせに」

「言ったさ」キャムはにやりとした。「もちろん言ってやった。ふたりとも大ばかだって」

「じつに思いやりに満ちてるな、人間ぎらいの女ぎらいくん」

キャムはまじめな顔をした。「女ぎらいとは聞き捨てならないな。むしろ好きすぎるくらいだよ。それより、耳の痛い話をしてやろうか。アシュリーはおまえみたいな石頭にはもったいないほど完璧だ」

「それを言うなよ」デヴォンはうんざりした顔をした。「それでなくてもぴりぴりしてるんだ。日に一度はアシュリーが真実に気づいてぼくを罵りだすんじゃないかと不安になる。さっさとこの地獄から抜けだして、セント・アンジェロ行きの飛行機に乗ってひと息つきたいね」

「当然の報いだな」キャムはそっけなく言った。「合併のために結婚するなんて大まちがいだ。ぼくが心配してるのはおまえじゃない、アシュリーだ」

「ふん、それはどうも」デヴォンが応じた。「見捨ててくれて光栄だ」

キャムは兄にくるくると回転させられるアシュリーを見つめた。屈託なく笑い、その笑顔で部屋じゅうを照らしている。人生最高の瞬間を心から楽しんでいるらしい。

「おまえが悲しまないとしても」キャムは低い声で言った。「アシュリーはどうなる？」

「ぼくはアシュリーを傷つける気なんかない。さあ、この話は終わりにしてくれ。だれにも聞かれたくないからな」

「ああ、わかったよ。さて、花嫁にあいさつしたら、そろそろ洞窟に引っこむとするか」

デヴォンはダンスフロアをぶらぶら歩いていくキャムのうしろ姿を見つめた。

「娘を幸せにしてくれてありがとう」ウィリアム・コープランドの声がした。

ふりむくと、すぐそこに義父が立っていた。ウィリアムは満面の笑みでデヴォンの背中をたたいた。「わが一族へようこそ、息子よ」

「ありがとうございます。光栄です」

「仕事のことは忘れて、アシュリーとふたりきりの時間を楽しんできてくれ。今後のことを話しあう時間はたっぷりあるからな」

デヴォンはうなずいた。「そうしましょう」

「アシュリーの母親からの伝言だが、空港への送迎の車が外で待っているそうだ。ここに残ってケーキカットとやらをしたっていいんだが、わたしがきみで、ニューヨーク一の美人と結婚したばかりだったら、さっさと逃げだすぞ。だれにも気づかれないうちに空港に行ってしまいなさい」

デヴォンはにやりとした。「今夜聞いたなかでいちばんうれしいプランだ。あとのことはお願いできますか?」

ウィリアムは共犯めいた笑みを浮かべた。「もちろんだ、息子よ。さあ、花嫁をさらっておいで。きみの分のケーキは残ったみんなでいただくよ。新郎はケーキなんかに目もくれないものだからな」

デヴォンは笑い、アシュリーをさらうべく、人ごみに足を踏みいれた。

8

デヴォンがアシュリーを抱いてスイートルームに入ったのは、太陽がまさに水平線に沈もうという瞬間だった。アシュリーは床に下りたとたんテラスにかけよってガラスのドアをあけはなし、空にほとばしるあざやかな色彩に歓声をあげた。

「ああ、デヴォン、すごくきれい」

デヴォンはアシュリーを背後から抱きしめた。そっと耳をついばまれると、甘いため息がもれた。

「この景色を来週いっぱい独占できるなんて信じられない。わたしが最後に海に来たのはどれくらい前のことだと思う？　ちっちゃな子どものときよ」

「まさか」デヴォンは大げさに驚いてみせた。

「ね、びっくりするでしょう。とくに理由があるわけじゃなくて、家族で旅行するときも海には行かなかったし、ビーチが大好きっていう友達もいなかったってだけなんだけど。

でも、こうして来てみると、ほんとうにきれいね。言葉も見つからないくらい」アシュリーはいっきにしゃべった。

デヴォンはくすくす笑った。「言葉はたくさん見つかったように思えるけどね。とにかく、喜んでくれてよかった」

アシュリーは抱きしめられたままふりかえった。「どうやってここを見つけたの？　セント・アンジェロ島なんて、聞いたこともなかったわ」

「ぼくたちはここにリゾートを建設してるのさ。数週間前に着工したばかりだ。ライアンとケリーはここに住んでるんだよ、覚えてるかい？」

アシュリーは鼻にしわをよせた。

「そういえば、聞いたような気もするわ。ふたりとも会ったことはないけど。わたしが知ってるのはキャムだけよ」

「すぐに機会を作ろう。ブライアニーもケリーも出産間近だから遠出できなくてね。ライアンとケリー夫婦は、ここにいるあいだにディナーに誘おう。レイフとブライアニーにもそのうち会えるさ」

「待ちきれないわ」

「ぼくはやつらなんかどうでもいいね」デヴォンはつぶやいた。「初夜のことで頭がいっぱいだ」

頬がかっと熱くなり、背筋がぞくりと震えた。「着替えなくちゃ」小声で言う。「特別なものを用意したの。サプライズよ」

「おやおや、どんなサプライズかな？」

「親友たちからのプレゼントなの。彼女たちいわく、それを着たわたしに抵抗できる男なんて地上に存在しないんですって」

「すごいな。ありがとうと伝えてくれ」

アシュリーは片方の眉をつりあげた。「まだ着たところを見てないでしょう」

「気に入るよ、絶対に気に入る。ぼろ布を着たきみだって好きだからな。彼女たちがなにを贈ってくれたにせよ、感謝をこめて拝見するよ。すぐに脱がせるけどね」

気持ちを隠せないたちのアシュリーは、興奮のあまり体をくねらせた。「いいわ、待ってて。十五分ちょうだいね、完璧にしたいから。のぞいちゃだめよ！」

デヴォンは両手を上げた。

「ぼくを疑うのか？」

アシュリーは目を細めた。「約束して」

ため息をつく。「わかったよ。でも、いそいでくれ。ぼくは下に行って、上等のワインと、明日の朝食を注文してくるからね。戻ってくるまでに頼むよ」

つま先立ちでキスしてデヴォンを送りだすと、アシュリーは明るいピンクのギフトボックスをスーツケースから取りだした。

独身最後のパーティーで親友たちがくれたプレゼントは、おしとやかなものから恥知らずなものまで、幅広くとりそろえたランジェリー一式だった。

そのなかからアシュリーが初夜のために選んでおいたのは、エレガントな色香ただよう一枚だった。セクシーだけど大胆すぎない。もっとも、アシュリーとしては、大胆になることに抵抗はなかった。いつかは魔性の女の気分だって味わいたい。

アシュリーはいそいで着替えると、部屋の隅にある鏡に全身を映した。まるでプリンセスみたいだ。王子に愛されるプリンセス。

ヘアクリップをはずし、長い髪を肩に垂らす。手ぐしでふわりとさせ、毛先の乱れを整えると、一歩下がって効果をたしかめる。

胸もとのラインは谷間に深く切れこんで、ふたつのふくらみを暗示している。横を向いたら乳首まで見えそうだ。もちろん、実際は見えないけれど。

スカート部分はごく薄手で、太ももの上でちらちらと光っている。この下着の大胆さを甘くみていたようだ。箱のなかに収まっていたときは無邪気そうに見えたけれど、こうして着てみると……。

アシュリーは小悪魔っぽい笑みを投げてから、鏡に背を向けた。衝動的に腕を伸ばしてくるりと回転し、見えないパートナーを相手に踊りはじめる。

軽くハミングしつつ、目を閉じてもう一回転したとき、伸ばした手がおそろしくかたいものにまともにぶつかった。手の甲に痛みが走ると同時に、ガシャンと派手な音がして、アシュリーの夢心地はあとかたもなく覚めた。

マントルピースの上に財布や鍵と並べて置いてあったデヴォンのノートパソコンが、床に落ちている。

アシュリーは床にひざをつき、悲しげにうめいた。バッテリーが飛びだしただけのように見えるけれど、ほんとうにそれだけだろうか？　中身を壊してしまっていたら？　デヴォンは重要なデータをこのパソコンに保存しているのかもしれない。彼の全人生がこのいまいましい箱のなかに詰まっていたとしたら。

いいわ、わたしだってパソコンはいじれる。詳しいわけじゃないけど、動かすくらいはできるはず。すくなくとも、夫のパソコンを壊したかどうかを判断するくらいは。

アシュリーはバッテリーをはめこむと、ほかに破損がないことを確認してから、起動するように願いをこめて電源ボタンを押した。一瞬後、黒い画面は死んだような無反応のままで、アシュリーはもう一度うめいた。

焦ったアシュリーはキーを押しまくり、なにかが――このさいなんでもいいから――映るように祈った。やっかいなことに、キーを乱打しはじめたとたん、モニターが明滅し、すさまじいスピードで十以上のプログラムがつぎつぎに開きはじめた。

すくなくとも、起動はできたようだ。

アシュリーは集中のあまり下唇をかみしめ、ひとつずつウィンドウを閉じていった。無数の表計算ソフトやチャートやグラフが混乱をあおる。半分ほど閉じたところで、アシュリーは突然恐怖に襲われた。これがぜんぶ保存されず、貴重な情報が消えていっているんだとしたら、どうしよう。

ハネムーンを台なしにしたくなかったら、なにが起きたかデヴォンに話して、彼に任せたほうがよさそうだ。そうすれば明日彼がパソコンを開いたとき、不快な驚きを味わわずにすむ。

ＰＤＦのウィンドウを縮小しようとしたとき、自分の名前が目に飛びこんできた。アシュリーはキーボードに置いた手を止め、文章を読みはじめた。それは父親からのメールで、自分のことが〝うちのベイビー〟と書かれている部分でアシュリーはくすりと笑った。だが、その笑みはすぐに凍りついた。

それから、アシュリーに関するきみの懸念についても検討した。きみの意見を軽視するわけではないが、ここは娘を守りたいという親心を汲《く》んでもらいたい。きみの気が晴れないのは承知の上だが、われわれの取り決めを娘に知らせる必要はない。わたしにとってはかけがえのない娘だ。この結婚が合併の条件であることは、娘には絶対に知られたくない。きみなら喜んでわが一族に迎えられるし、つねに娘の最大の利益を考慮してくれるものと信じている。そのきみを見こんで頼む。われわれの取り決めについては、絶対に沈黙を守ってくれ。


アシュリーはぼうぜんと画面を眺めていた。

きっとわたしの勘違いだ。あなたはいつも早とちりだって、ママにしょっちゅう言われてたじゃないの。

心臓が早鐘を打ち、こめかみがどくどくと脈打ったが、アシュリーは必死で落ち着こうとした。

ふたたびメールに目を向け、ぼやけがちな言葉を見さだめようとする。

「アシュリー？」

顔を上げると、デヴォンがそこに立っていた。

「落ちたの」声がしわがれた。「壊したんじゃないかと思って。バッテリーが飛びだしたの。はめこんだとたん、プログラムがつぎつぎに開いたから、閉じようとしてたのよ」

デヴォンはパソコンを取ろうとしたが、アシュリーは血の気の失《う》せた指でしっかり押さえていた。

彼女がなにを読んでいたのかを見てとったデヴォンは舌打ちし、強引に奪いとった。

「返して。なにが書いてあるか知りたいわ」

デヴォンは音をたててパソコンを閉じ、小脇に挟んだ。

「きみが知る必要のないことだ」

「うそをつかないで」アシュリーは歯を食いしばった。「だいたいは読んだわ。重要な部分は。もっと詳しく知っておきたいわ」

デヴォンは口を真一文字に結んでアシュリーを見つめた。

「知らないほうがいい、アッシュ。忘れてくれ」

「忘れる？　父親が娘に夫を買い与えたことを認めたも同然のメールを、忘れろですって？　メールを見なかったふりでもしろっていうの？」

デヴォンは悪態をついて髪に手をやった。「アシュリー、どうしてパソコンを開いたんだ」

「そんなつもりはなかったわ！　落としただけよ。でもこうなった以上、なにが起きてるのか教えてもらうわ。パパとどういう取り引きをしたの？　話してくれないなら、すぐに出ていくから」

「それがきみの悪いところだよ、アッシュ。きみは衝動的すぎる。行動する前に考えることをしない。夢中で飛びこんで、自分自身を傷つける。きみもそろそろ自分をコントロールすることを学ぶべきだ」

デヴォンが怒りとともに吐きだした言葉の意味を理解すると、アシュリーはぼうぜんとした。どうしてこの状況でわたしが怒られるの？　悪いのはわたしじゃない。わたしはうわべだけの気持ちで結婚したわけじゃない。デヴォンだってそのことはよく知っているはずだ。愛していると何度も告げたから。

デヴォンは目をぎらぎらと光らせてきびすを返した。それからパソコンをドレッサーの上にたたきつけるように置いた。そこに立ったまま、ふりかえりもせず、黙りこんでいた。いやな予感がする。恐怖で胸の底が冷えた。これからわたしは自分の人生について、運命について、結婚について、耐えがたい真実を知らされる。

「デヴォン？」アシュリーはささやいた。

ふたりのこれまでが頭によみがえる。あまりに急展開だった恋愛。突然目隠しをはずされたように、アシュリーはあらゆるデートを、デヴォンのあらゆる言葉を分析しはじめた。どれとどれがうそだったのだろう？

そもそも真実はあったの？

「ひとつだけ答えて」アシュリーは消えいりそうな声でたずねた。「わたしを愛してる？」

9

「きみは大切な人だ」デヴォンは淡々と答えた。

アシュリーの目に、怒りと悲しみが交互に浮かびあがる。自分でも苦しい言い訳だと思うが、これ以上彼女を傷つけるわけにはいかない。

「ごまかさないで」アシュリーは要求した。「保護者ぶるのはやめて。甘い言葉をささやきながら頭を撫《な》でるような真似《まね》もお断りよ。あなたは、わたしを愛しているの？」

デヴォンは深々とため息をついた。「真実がいつも耳に心地いいとはかぎらないよ、アッシュ。真相をたずねるときは注意したほうがいい。知らないほうがよかったということもあるからね」

青ざめたアシュリーの顔から、さらに血の気が引いた。瞳の光が消えている。まるでだれかが炎を吹き消してしまったように。一瞬、アシュリーは引き下がりそうに見えたが、肩をそびやかすと、低い声でつづけた。「お願い、真実を話して。ほんとうのことが知りたいわ」

デヴォンはまた悪態をつき、髪をくしゃくしゃにかきまわした。「わかったよ、アシュリー。ノーだ。ぼくはきみを愛していない。大事だとは思うし、好意も、尊敬の念も抱いている。だが愛しているかときかれれば、答えはノーだ」

アシュリーがもらした悲痛な声は、ナイフのようにデヴォンの胸に突き刺さった。

ぼくはどうしてうそをつかなかった？　認めようが認めまいがアシュリーは真実を見抜くだろうし、彼女はすでにじゅうぶんだまされてきたからだ。

うそやいつわりを捨てることで、やっと前にすすめるかもしれない。毎分毎秒のように、自分の最低さを罵るのをやめられるかもしれない。

アシュリーはじりじりと後ずさりし、あやうく転びそうになり、マントルピースに片手をついて体を支えた。デヴォンははじかれたようにかけよった。彼女の肩を抱いてベッドまで連れていき、座らせた。

「わたしのせいね」アシュリーはぽつりと言った。「わたしが愚かで、甘かったからだわ。あなたも笑いが止まらなかったんじゃない？」

「ぼくはきみを笑ったりしてないよ。絶対にだ」

「あなたを愛していたの」アシュリーは苦しそうに言った。「あなたにも愛されていると思ってた。結婚がパパの突きつけた条件だなんて夢にも思わなかった。なにと引き換えにわたしと結婚したの？　それともこうきいたほうがいいかしら、パパはわたしをあなたに押しつけるために、どれだけのものを差しだしたの？」

不毛な方向に流れていきそうな話にいらだったデヴォンは、デスクから椅子を乱暴に引きだし、アシュリーの正面にどさりと腰かけた。

「いいかい？　ぼくたちが申し分ない結婚生活を送れないと決まったわけじゃないんだ。ぼくらは気が合う。いっしょにいて楽しめる。ベッドでの相性もいい。その三つがそろってない夫婦なんて、世間にはざらにいるんだよ」

アシュリーはまぶたを閉じた。

「目をあけるんだ、アッシュ。耳が痛い話かもしれないが、この際、遠慮は抜きでいこう。きみは感情に走りすぎる。感情や思考をむきだしにすれば、けっきょく傷つくだけだ。いいかげん大人になって、人生がおとぎ話じゃないという現実に向きあってもいいころだ。それにきみは衝動的すぎる。下調べも用心もせずに飛びつくような生き方をしていたら、傷はいよいよ深まるばかりだ」

アシュリーは混乱の極みでいやいやするように首をふった。うつむき、必死で涙をこらえている。

「いま以上に傷つくなんてありえない。どうしてあなたはそんなに……そんなに……冷静なの？　まるでこれが仕事の打ち合わせで、売り上げ目標について話しているみたい」

デヴォンは無力感にとらわれた。要は、傷つかないように自分を守れと言いたいのだが、むだなのはわかっている。アシュリーは飛びぬけてやさしい心の持ち主だし、したり顔でやさしさを捨てろと説教する自分は、救いようのないばかだ。

アシュリーは顔を両手にうずめたが、喉がひくひくとけいれんしているのが見えた。こぼれるすすり泣きが、静かな部屋に響いた。

髪を撫でようと伸ばした手を、デヴォンは空中で止めた。アシュリーは慰めなど求めてはいないだろう。とくにぼくの慰めは。

「アッシュ、泣くな」

アシュリーは疲れきった顔を上げ、髪を乱暴にかきあげた。「泣くなですって？　ほかにどうしろっていうの？　あなたもパパも、どうしてこんなことができたの？　教えてよ、デヴォン、わたしの未来はいくらで売り買いされたの？　あなたが見返りに手に入れたものはなに？」

デヴォンは黙ったまま彼女を見つめた。

「教えて。自分の幸せがいったいなにと引き換えにされたのか、わたしには知る権利があるわ」

「きみの父親は、トライコープ社とコープランド社の合併の条件として、きみとの結婚をぼくに要求した」デヴォンは吐き捨てるように言った。「これで満足か？　知ってよかったか？」

「よかったなんて思わない。でも、自分がなにに巻きこまれたのか、知っておくべきだと思ったの。ぜんぶ決まってたのね？　わたしの心を盗むまでのことは、なにもかも計算ずくだった？」

「いや、ちがう。あれはぜんぶ本心だ。きみに惹《ひ》かれていったのは演技じゃない。きみを口説くのはちっともいやじゃなかった。きみと結婚するのがいやだったら、どんなに魅力的な取り引きだったとしても、ぼくは乗りはしなかった。以前もいまも、ぼくたちはいい夫婦になれると思ってる。きみはどうして愛なんてものを御大層に考えるんだ？　尊敬と友情のほうが、夫婦仲の要素としては重要だ」

「わたしを愛してもいないくせに、形だけの結婚にひっぱりこんだ相手を、どうしたら尊敬できるっていうの？　わたしのことを世間知らずの小娘だと思ってるの？　わたしの人生に土足で踏みこんで、結婚してやると言う男にぺこぺこ頭を下げなきゃいけないとでも？　あのね、わたしが独身でいたのは、それがわたしの選択だったからよ。バージンだったのは、自分を大事にしていたから。男の人に見向きもされなかったわけじゃない。二十三で結婚しなかったら死ぬわけでもなかった。わたしは幸せだった。人生を楽しんでいたのよ」

「アシュリー、ぼくの話を聞くんだ」

デヴォンは身を乗りだしてアシュリーの手を取り、彼女が黙って目を見つめかえすまで待った。

「いまのきみは興奮し、傷ついてもいる。それはわかるが、ぼくたちが快適で、長持ちする結婚生活を楽しめるという可能性を無視するな。あとで悔やむような先走った結論を出すんじゃない。落ち着いて考えられるようになるまで待つんだ。動揺がおさまれば、この状況を冷静に見られるようになる」

「いいかげんにして」アシュリーはかみつくように言った。「保護者ぶるのはやめてくれない?」

「話にならないな」デヴォンは厳しい口調で言った。「きみが落ち着いて、自分がなにを言っているのかわかるようになってから、また話そう」デヴォンが立ちあがると、アシュリーはあわてて顔をそむけたが、頬を流れた涙のあとは視界に入っていた。

デヴォンはなにを置いても彼女を抱きしめ、自分の肩の上で泣かせたかった。彼女を慰め、抱きしめ、不安を追いはらってやり、なにもかも大丈夫だと伝えたかった。だがアシュリーを打ちのめしたのは、ほかのだれでもない、このぼくだ。

「すまない、アッシュ」声はうつろに響いた。「信じてもらえないだろうが、ぼくはきみが想像するよりもずっと残念に思っている。きみにこんな苦痛を味わわせたくなかった」

「お願いだから出ていって。ひとりにして」ふりしぼるような声で言う。「いまは顔も見たくないの」

デヴォンは一瞬ためらい、それからため息をついた。「リビングのソファーで寝るよ。朝になったら話しあおう」

デヴォンはうしろ髪を引かれる思いで寝室を出た。アシュリーをひとりにするな、と本能は叫んでいた。抱きしめて強引に説得しろ。おまえの言葉に耳を傾けさせろ。粘れ。感情の嵐さえおさまれば、この結婚はうまくいくとアシュリーが納得するまで。

デヴォンは顔をゆがめ、暗いリビングのソファーに座りこんだ。なんてひどい初夜だ。アシュリーがいつまでも真実に気づかないと思っていたわけじゃない。だが、それはふたりで長い年月を積み重ねてからのことになればいいと願っていたのだ。そうだったら、アシュリーもふたりの結婚が、愛などというもろくうつろいやすい感情に左右されるものではないと理解できただろうに。

友情、親近感、信頼、尊敬。
ぼくが差しだせるのはそれだけだ。
愛？　そんなでたらめな感情に巻きこまれるのはお断りだ。

10

おずおずと昇りはじめた太陽が海面を照らす様子を、アシュリーはぼんやりとベランダから眺めていた。

からっぽな、やりきれない気分だった。

ひと晩じゅう、座り心地の悪い椅子にちぢこまって、事実を整理しようとしていた。わたしはだまされていた。デヴォンだけでなく、実の父にも。すべてはビジネス上の取り引きだった。

頭では理解できても、心がついていかない。

デヴォンにとっては、わたしとの結婚が取り引き成立の鍵だった。パパはわたしが自分の人生さえ切り盛りできないと思っていた。だから夫を買い与えることにした。げんなりするけれど、たぶんそんなところだろう。いずれにせよ、わたしが取り引きの材料にされたことはたしかだわ。

アシュリーは砂のようにざらつく目をこすった。流していいだけの涙は流しきってしまった。夫のために流す涙は、もうひと粒も残っていない。

乾いた笑いがもれた。夫。

この結婚をどうしよう？

一から十まで作りごとだった結婚を。

アシュリーは、たちの悪い痛みを追いはらおうとこめかみをもんだ。それでも頭痛なんて、胸の痛みと比べれば、ずっとましだ。

別れたほうがいい？　離婚を提案するべき？　わたしたちで結婚生活の最短記録を塗りかえられるかもしれない。そしてわたしは家に戻る。これも人生勉強だと割り切って。デヴォンは約束を果たしたのだから、いまさらパパが取り引きをひっくりかえすかどうかは疑わしい。離婚で不幸になるのはデヴォンじゃない。わたしだ。

わたしは彼を心から愛してしまった。この気持ちは、そう簡単に断ち切れるものじゃない。傷ついたし、怒っているし、ひどい裏切りに遭ったことも理解している。それでもまだ彼を愛していて、最低な真実に気づく前のふたりに戻れたら、と願っている。

そう、わたしは離婚を望んでいない。でも、自分を愛してくれない人といっしょに暮らすのもまっぴらだ。

アシュリーは昨日の夜、デヴォンに言われたことを思いかえした。あれはとてもこたえた。頭の芯がしびれたようだった。彼があんなふうに否定的にわたしを見ているなんて、思いもしなかった。でも、正しいのはきっとデヴォンだ。

わたしは感情的で、すぐに浮かれてはしゃいでしまう、軽薄な人間だ。もっと冷静で、慎重で、利口であるべきなのに。

デヴォンはありのままのわたしを受けいれない。軽薄で感情的で、お人よしで動物好きの、愛していると告げるためだけに仕事中に電話をかけてくる、そんなアシュリー・コープランドを、デヴォンは愛していない。

デヴォンがそういう人間を受けいれも愛しもしないとすれば、わたしに残された選択肢はふたつだけ。

離婚するか、彼に愛される人間になるか。

デヴォンにわたしを愛させることなんてできるの？　家族にはいつも、おまえは信じやすすぎる、考えが甘すぎると言われてきた。なにもかも度を超えていると。その意見が正しかったのだ。

アシュリー・コープランドに問題はないと思っているのは、この世でたったひとり、わたしだけだった。大人になれ。頭の隅からそうささやく声がした。デヴォンの声によく似た声が。

　ふいにベランダに人の気配がした。デヴォンだとわかってはいるけれど、まだ彼に向きあう気力はわいてこない。

「ひと晩じゅうここにいたのか？」静かな声。

　アシュリーはうなずき、海を見つめつづけた。

　デヴォンは石の手すりに歩みより、ポケットに手を突っこんで、しばらくアシュリーと同じように海面を眺めた。それからふりかえり、手すりにもたれかかって、彼女に正面から向きあった。

　デヴォンは疲れた顔をしていたが、同情する気にはなれなかった。髪はくしゃくしゃに乱れ、昨日と同じ服を着ている。

「アッシュ、自分を傷つけるのはやめるんだ。結婚のきっかけがどんなものであろうと、ぼくたちが快適な結婚生活を送れないときまったわけじゃない」

　怒りがじわりとわいたが、アシュリーは下唇をかんだ。

「わかったわ」また自分の欠点を並べたてられる前に、アシュリーは言った。

　デヴォンは急に口をつぐみ、困惑したように眉をよせて彼女を見つめた。「ほんとうに？」

アシュリーは無言でうなずいた。言葉が喉につかえて出てこない。まるで反抗するように。

用意してあったせりふを口にするまでに数秒かかった。

「あなたが完全に正しいわ。わたしがばかだった。わたしはずっと、愚かな夢を見てたのよ」

デヴォンはたじろいだが、何も言わなかった。

「すくなくとも一定期間、結論を出すまでの猶予期間を持ってもいいわ」

デヴォンは眉間にしわをよせたが、アシュリーはつめたい視線を向けた。「離婚弁護士に予約を入れて帰りの飛行機に乗ることもできるのよ」

デヴォンは息を吐き、ゆっくりうなずいた。「いいだろう。その期間はどのくらいつづくんだ？」

肩をすくめる。「さあね。幸せな結婚生活の夢がぜんぶ破れるまでの時間なんてわからないわ」

「アッシュ」

自分の名前を呼ぶ苦りきった声は、怒りをさらにかきたてる。アシュリーはこぶしを握りしめた。

「あなたを罰するつもりはないの。わたしは残されたプライドのかけらを失わずに、今回のことを乗りきりたいだけ」

デヴォンは青ざめ、その瞳に苦痛がよぎった。そして恥ずかしさが。

「あなたはわたしたちが楽しい結婚生活を送れると考えているんでしょう。個人的には、愛してくれない男性と結婚していて楽しい気分になれるとは思えないけど、とにかく試してみるわ。愛なんてばかげたものを方程式に入れるべきじゃないという、あなたの考え方のほうがたぶん正しいんでしょう」

「くそっ、ぼくはきみを大事に――」

「お願い」アシュリーは歯を食いしばりながら言い、デヴォンの言葉をさえぎった。「やめて。陳腐な言葉で慰めようとしないで。欠点を分析されたのは耳に痛かったわ。でも、衝動的なところだとか、はしゃいでしまう癖だとか、そのほかあなたが挙げた短所は、ぜんぶ抑えるように努力する。あなたが誇れるような妻になるためにがんばるから」

デヴォンは悪態をついたが、アシュリーは勇気が枯れる前に視線をそらし、まっすぐ前を見つめた。

「その代わり、あなたにひとつお願いがあるの」

デヴォンは唇を一文字に結んでいた。目には暗い感情が吹き荒れている。すくなくとも彼は、わたしの苦しみにまったく無関心というわけじゃない。

「この状況はわたしにとって、とても屈辱的なのよ。だから、わたしたちの問題をおおっぴらにしないでほしい。家族の前でわたしを辱めないで。演技してほしいの、すくなくとも家族の前では」

「アッシュ、自分を卑下するなよ。ぼくがきみを辱めるような真似《まね》をするわけがないだろう」

「家族には、あなたに愛されていないことを知られたくないの」アシュリーはしぼりだすように言った。「あなたは演技してくれればいいわ——夫の演技を。大げさにする必要はないのよ。結婚という目的を果たしたからといって、手のひらを返したようにつめたくさえしなければ」

そのとき、ふいに新たな可能性が頭に浮かび、アシュリーは身をふたつに折って吐きそうになった。

「大丈夫か?」デヴォンは焦りをあらわにしてたずねた。「まるで病人みたいな顔色だ」

「ほかに恋人はいるの?」アシュリーの声はかれていた。「誠実な夫になることもあなたの計画に入っていた? 手当たりしだいに寝まくったり、どこかに愛人を作ったりするつもりなら、さすがに結婚はつづけられないわ」

デヴォンはラウンジチェアの前にひざまずくと、彼女の肩に手を置いた。

「やめるんだ、アシュリー。きみは無意味に自分を傷つけてる。ほかの女なんていないよ。結婚の誓いは真剣に受けとめてる。愛人なんていない。女遊びをしたいとも思ってない。ほしいのはきみだけだ」

安堵《あんど》でアシュリーの肩から力が抜け、デヴォンの手が腕をすべり落ちた。

「ぼくは最初から真実を話したかったが、きみのお父さんに反対されたんだ。それでもやっぱり話すべきだった。ぼくのミスだよ。だが、たとえ話したとしても、結果は変わらないさ。ぼくはいまも昔もきみと夫婦でいたいと思ってる。もしもいやだったら、取り引きが成立した直後に離婚の手続きをはじめていただろう。そこまでくればきみのお父さんにも手出しはできないからね」

アシュリーは疲労に負けてまぶたを閉じた。水平線から着々と昇りつつある太陽は、日ざしをテラスに伸ばし、光線はアシュリーの眼球を熱したフォークのようにちくちくと刺した。

「片頭痛かい？」デヴォンの声は心配そうだった。「薬は持ってきてるのか？」

アシュリーは目をあけた。気力をふりしぼろうとすると顔がゆがむ。

「家に帰りたいわ」

デヴォンの表情が暗くなった。

「むちゃを言うなよ。きみに必要なのは薬をのんで、眠ることだ。休んで、なにか腹に入れれば、気分もよくなる」

「ここに残って新婚夫婦を演じるなんて無意味よ。わたしをこの島に連れてきたのは、建設中のリゾートの進捗を見るついでなんでしょう？　だったら、わたしがハネムーンを省略したがったからって、責めないでちょうだい。冗談はおしまいにしましょう。ふたりともよくわかってるはずじゃない。ここにまるまる一週間いたって、ずっと気まずい顔をつきあわせてるだけよ」

デヴォンは口もとをぴくりと引きつらせて立ちあがり、一瞬視線をそらした。それから、いらだった目でアシュリーをふりかえった。「家族の前では演技してほしいんだろう。どうしていまここではやらないんだ？」

「みじめすぎて、立ち直るまでに時間がかかるからよ」アシュリーは言下に言いかえした。「そうね、わたしの具合が悪いことにすればいいわ。あなたに急な仕事が入ったことにしてもいい。うちは企業家の一族だもの、仕事がなにより優先されたからって、だれも眉ひとつ上げやしないわ。もっとも、この頭痛はかなりひどいから、うそをつく必要もないけど」

デヴォンの目から怒りが消えた。「頭痛薬を取ってくるよ。それからすこし眠るといい。もし……」ため息をつく。「起きてからも考えが変わらなかったら、ニューヨークに帰る便を予約しよう」

11

アシュリーは薬の力で深い眠りに落ちた。この片頭痛用の処方薬には、いざというときしか頼らなかった。のむと意識がもうろうとするからだ。

ひとりベッドで目を覚ましたとき、日はもう暮れかけていた。頭痛のするどい牙はしぶとくくいこんだままで、座ろうとして急に動くと吐き気に襲われた。アシュリーはずきずきするひたいに手を当て、自己憐憫《れんびん》を抑えようとした。

部屋は真っ暗だった。明かりはひとつ残らず消され、カーテンも引かれている。静かに休めるようにとデヴォンが気を配ったのだろう。エアコンの設定温度が下げてあったので、シーツ一枚をかけたきりの体にとって、部屋は寒すぎるほど冷えていた。

以前なら、デヴォンの気配りに感動したはずだ。いまは、罪悪感ゆえの行動としか思えない。

アシュリーはそろそろと身を起こすと、ベッドの端に座り、頭を押さえ、なにをしようかと考えた。それからおもむろに立ちあがり、ふらつく足取りで荷物置き場まで行き、ふたをあけただけで中身はそのままのスーツケースの前に立った。

スーツケースに手を突っこむと、シックなドレスや水着やセクシーな下着には目もくれず、色あせたジーンズとTシャツを取りだす。靴はどうしよう。でも、どうせ、しばらく浜辺を散歩するだけだ。だったらはだしで構わない。

デヴォンの居場所はわからなかった。ひょっとしたら、まだスイートルームのどこかにいるかもしれない。アシュリーはガラスのドアをあけてテラスから外に出た。そよ風が髪を撫《な》でた。深呼吸しつつ、ビーチに通じる短い階段を下りる。

あたたかな夜で、潮風も心地よかったけれど、体の芯まで冷えきっていたアシュリーは、足が砂に沈むと、体を震わせた。

完璧な、すばらしい夜。夜空はライトアップされ、まるで百万ものホタルが漆黒のカンバスの上で躍っているようだった。水平線の向こうから昇りはじめた月が、水面に銀色のしぶきを飛ばしている。

景色に心を奪われたアシュリーは、思いきって波打ち際に近づき、波が足に触れそうになると、自分の体を抱きしめるようにして、歩きつづけた。

そしてふと足を止め、波がかかとを洗うのに任せた。立ちつくしたまま、果てしない海の上に広がる満天の星を眺める。いまの状況から抜けだすには、百万回くらい願いをかけなければ。そもそもこの状況に陥ったのも、そんな夢見がちな癖のせいだけれど。

甘い夢。甘い理想。

完璧な男性にバージンを捧《ささ》げる日を待つなんて、おとぎ話だった。

友達がみんなとっくの昔に捨てたものを、わたしはひとりで守っていた。自分の清純さに、ちょっとばかりいい気になりながら。だけどみんなは、しっかり目をあけて、その状況にのぞんでいたのだ。セックスと愛を混同したりせずに。片頭痛と自分を愛してくれない夫といっしょにハネムーンを過ごすことになったのは、ほかのだれでもない、わたしだ。

みんなには経験を積んで比較検討するだけの頭があったのに。それに比べてわたしは。

アシュリーは携帯電話を取りだしてアドレスの一覧を見つめた。いますぐに親友に慰めてもらうこともできる。でも、メールするべきなんだろうか？　もうじゅうぶんに屈辱を味わったのに。友達にこの結婚の実状を話すなんて、耐えられる？

アシュリーは手を下ろし、携帯をポケットに押しこんだ。どっちにしろ、文字数の限られたメールではなにも伝えられない。いっそSNSでみんなにぶちまける？

結婚は失敗。ハネムーンは惨敗。

きっと言い残した言葉までたっぷり読みとってもらえる。

だめだわ。シルヴィアにもカーリーにもタビサにもメールできない。ピッパはとくにだめ。二時間以内に弁護士つきで飛んでくるだろうし、ついでにデヴォンに一発お見舞いしかねない。

それに友達はみんな、結婚をつづけるなんてばかげてると言うだろう。たしかにばかげてるかもしれないけれど、それを人に指摘してもらいたいとは思わない。この結婚生活がはじまる前から失敗していたなんて、わざわざみんなに話すことはない。

わたしだって最後の誇りを守りたい。だれだってそうじゃない?

惨憺《さんたん》たる状況を整理できたことで、ほんのすこし気分がよくなったアシュリーは、くるりときびすを返した。おなかがすいているけれど、食べ物のことを考えると、吐き気と頭痛がぶりかえす。

まだ自分たちのスイートルームまでだいぶ距離があるところで、アシュリーは砂浜を大股でやってくるデヴォンに気づいた。

これからの方針は決めたけれど、デヴォンと顔を合わせる心構えはできていない。わたしが結婚相手だと思っていた人と、デヴォンは、まったくの別人だった。わたしたちは他人も同然。肉体関係はある他人どうしが、これからいっしょに暮らし、世間に対しては愛しあっているふりをするのだ。

「どこにいたんだ?」デヴォンは近づきながら強い口調でたずねた。「死ぬほど心配したんだぞ」

アシュリーが答える前に、デヴォンは彼女のひじをつかみ、浜辺に並んだたいまつの投げかける明かりのなかに引きよせた。

まばゆい光にアシュリーがびくりと身をすくめると、デヴォンは低い声でなにかつぶやいた。

「頭痛はよくなってないんだな?」

アシュリーはそろそろと首を縦にふった。

「ぼくに言うか、薬をもう一錠のめばよかったのに。どうしてベッドから抜けだしたんだ? この二十四時間、きみはなにも口にしてないんだぞ。顔色が真っ青だし、目もどんよりしてる」

デヴォンがまた手を伸ばすと、アシュリーは体をこわばらせたが、彼の手は、言葉よりもずっとやさしかった。デヴォンはいたわりをこめてそっとアシュリーを抱きよせ、スイートルームに向かって歩きだした。

アシュリーは衝動に負け、彼の肩に頭をのせて、目を閉じた。階段を安全にのぼらせてくれると思う程度には、彼を信用している。意外にも、デヴォンは彼女の背中に手をまわし、ふわりと両腕に抱きあげた。

「力を抜いて」ぶっきらぼうな声だ。

アシュリーは言われたとおりに身をゆだね、そのやさしさをかみしめた。

演技も悪くないわ。

デヴォンは室内に戻ると、暗い寝室に入り、そっとアシュリーをベッドに寝かせた。そして器用にジーンズを足から抜きとり、下着とTシャツだけの姿にさせた。アシュリーはひんやりしたかたい枕に頬をつけたまま、痛みが早く消えるようにと願った。あらゆる種類の痛みが。

デヴォンはベッドの端に腰かけ、アシュリーのほうをふりむいた。

「薬を取ってくるけど、すきっ腹のままのむのはよくないだろうな。でもきみは食事をするのもつらそうだから、スープを注文しよう。飲み物はどう？　ジュースだったら飲めそうかい？」

デヴォンはしゃべりながらそっと彼女の髪を撫で、アシュリーは涙がこぼれないように、唇をかみしめなければいけなくなった。やさしくされるたびに泣いていたら、うまくいきっこない。

このやさしさは、デヴォンのこれまでの態度とすこしも矛盾しないように思える。それも彼に愛されていると勘違いした原因のひとつだった。彼はとても……親切だった。大事にしてくれて、守ってくれて、わたしを独占したがった。

あれがぜんぶ演技だったなんて。

「スープがいいわ」アシュリーは小声で言った。

デヴォンは髪を撫でつづけていたが、ふとその手を止めた。「うっとうしかったかな？すまないね。きみは感触や音に過敏になってるのに」

「ううん……いいの」

「すぐに戻るよ。スープを注文してこよう。飲めば胃も落ち着くし、頭痛もきっとましになるさ」

デヴォンが部屋を出ると、アシュリーは目を閉じた。ルームサービスを頼む低い声が聞こえる。デヴォンはすぐに戻ってきて、そっとアシュリーのひたいに手をのせた。

「すぐに届くよ。いそぐように言ったから」

「ありがとう」

デヴォンは数秒沈黙してから、未練を断ち切るように口を開いた。「ニューヨークに向かう便を予約するよ。きみが落ち着ける場所にいるのがいちばんだからね」

アシュリーはうなずいた。胸がずきずきと痛む。こうなるはずじゃなかった。ふたりで愛と笑いに満ちた一週間を過ごすはずだったのに。毎朝、おたがいの腕のなかでめざめて。

遠慮がちなノックの音がすると、デヴォンはさっと立ちあがった。「食事が来たようだ。運んでくるから待っててくれ。きみがベッドで食べられるように場所を作ろう」

デヴォンが部屋を大股で出ていき、アシュリーは横たわったまま、感情の激流がおさまるのを待った。それからそろそろと起きあがって、枕にもたれかかるように座った。

デヴォンはキャスターつきのテーブルを押して戻ってきた。スープボウルのふたを取ったとたん、おいしそうな香りが鼻をくすぐった。同時に胃がするどく反抗し、ひたいに汗が噴きだした。

「大丈夫か?」デヴォンがトレイをアシュリーの前に置きながらたずねた。

デヴォンは心配そうな顔でじっと見守っている。アシュリーはうなずき、震える手でナプキンと食器を取った。

ボウルを引きよせようとすると、デヴォンがそっと手を添えた。

「カップにスープを入れて、そこから飲んだほうがいいかもしれないね」

アシュリーは承諾したしるしにうなずき、デヴォンがスープをマグに移すのをぼんやりと見ていた。

「さあ、できた。熱いから気をつけて」

アシュリーは湯気の立つカップを口もとに運び、目を閉じてひと口目を味わった。マグのなかには天国があった。スープのぬくもりが胃まで下りていき、穏やかにおさまった。

「おいしい?」デヴォンがベッドに腰を下ろした。

「とっても」

アシュリーがスープをある程度飲んでしまうと、デヴォンはナイトスタンドから薬瓶を取りあげ、一錠を手のひらにふりだした。

「さあ、これをのんで。のんだら横になって、できたら朝まで眠るといい。飛行機に間にあう時間に起こすよ。荷物は気にしなくていい。飛行機で着るものは出しておくし、ほかのものはぜんぶ荷造りしておくから。きみはただ着替えて、時間がきたら迎えの車に乗るだけでいいよ」

アシュリーはまだ打ちひしがれていたし、怒りも感じていたが、デヴォンができる限りのことをしてくれているのに、それを認めることもできないほどいやな女にはなれなかった。

「ありがとう」

彼の目に苦しみがよぎった。「いまは信じられないだろうが、時間がたてばきっと信じられるようになる。アッシュ、ぼくはきみを傷つけたくなかったんだ」

デヴォンは空のカップをそっと脇にどけて彼女のあごに触れ、視線が合うようにやさしく顔を上げさせた。

「わかってくれ、アッシュ。ぼくたちはきっとうまくいく」

アシュリーはうなずき、カップをトレイに置いた。

「やってみるわ、デヴォン。努力する」

デヴォンはかがんで彼女のひたいにキスした。「すこし眠るといい。朝になったら、ぼくが起こすから」

12

翌日の午前中いっぱい、アシュリーはもうろうとしていた。デヴォンは静かにアシュリーを起こし、頭痛がよくなっていないのを確認すると、軽い朝食を注文し、彼女が食べているあいだじゅうかいがいしく世話を焼き、そのあとも着替え以外の用事はすべて引き受けた。

空港で飛行機に乗ると、デヴォンはアシュリーに手を貸してシートに座らせ、もう一錠薬をのませた。そして彼女の頭の下に枕を挟み、毛布でくるんでやり、窓のシェードをすべて閉めた。

島を離陸した飛行機が、底冷えのするニューヨークに着陸するまで、アシュリーは幸福な無意識のなかにいた。

デヴォンは迎えの車にアシュリーを乗せ、バックシートで快適に休めるよう、毛布と枕も忘れはしなかった。アシュリーは頭をデヴォンの肩にのせたまま、彼のマンションの前でそっと揺り起こされるまで、ぐっすり眠りこんでいた。

「うちに着いたよ、アッシュ。車のなかで待っててくれ。ぼくが先に降りて手を貸すから」

家。曇ったウィンドウ越しに、のしかかるような高層ビルが見えると、アシュリーは目をぱちぱちさせた。デヴォンが車を出ると、つめたい風が体に吹きつけた。

「気をつけて」縁石に足をかけると、デヴォンが声をかけた。

デヴォンは片腕でアシュリーの体を抱きよせ、ドアマンのあけたドアから入った。マンションのなかでも、デヴォンは手を放さなかった。エレベーターに乗って、彼の部屋に着いても。ちがう、ふたりの部屋だわ。いまだにその違いはぴんとこない。

ふたりの部屋には、すでにアシュリーの物が散乱していた。前にデヴォンがメイドを頼もうと言いだしたことがあるけれど、あれはたぶん、わたしのだらしない片づけ方が好きじゃないと言いたかったのだろう。アシュリーはため息をついた。やるべきことがひとつ増えた。

寝室に入ると、デヴォンはジム用の自分のTシャツを一枚出して、ベッドの上に投げた。

「楽な服に着替えるといい。夕食の時間には起こすよ。なにか食べたほうがいいからね」

「わたし、ソファーで休むわ」アシュリーはTシャツに手を伸ばしながら言った。

デヴォンの表情が暗くなり、アシュリーは一瞬遅れて気がついた。デヴォンはわたしが彼のベッドで眠ることを拒否したと思ったんだわ。

「頭痛の最中は、ソファーに座ってるほうが楽なときもあるの。ついでに言っておくけど、そういうつもりはないのよ。つまり、わたしは、これからも……」アシュリーはつばをのんだ。急に自分が頼りなく思える。「わたしたちはこれからもいっしょに眠るものだと思ってるわ。あなたがそうしたければ、だけど」

デヴォンは大股で近づいてくると、目線を合わせた。

「きみは毎晩ぼくのベッドで眠るんだ。セックスをしようがしまいが、ぼくの隣で、ぼくの腕のなかで」

「じゃあ、そうしましょう」アシュリーはつぶやいた。

デヴォンは一歩引いた。「それじゃ、着替えてくれ。枕と毛布はぼくがソファーに持っていくよ」

デヴォンが寝室を出ていくと、アシュリーは部屋を見まわし――脈絡なく散らかった私物を目に留め――ため息をついた。頭痛が治まったら、家じゅうをきちんと片づけなくちゃ。アニマル・シェルターをこんなに長く休むのは初めてだけど、安心して任せられるスタッフがいる。わたしが自分の人生を整理するあいだ、動物たちはちゃんと面倒を見てもらえるわ。

デヴォンは明日の朝にはきっと仕事に戻るだろうから、ひとりで考える時間はたっぷりある。アシュリーは鼻にしわをよせた。ひとりぼっちでいると、気がめいった。わたしはいつも人に囲まれていたんだわ。親戚がみんな近くに住んでいたし、さみしさとは無縁だった。友達だってそう。ちょっとおしゃべりがしたくなれば、すぐにみんなで集まれた。

でも、いまのわたしに期待される話題といえば……新婚生活のすばらしさ？ それとも夫のこと？ 中断したハネムーンのこと？

やめておこう。このもうろうとした頭では、複雑なことなんて考えられない。アシュリーは服を脱ぎ、デヴォンのTシャツにそでを通した。

それから床に服を脱ぎちらかしたまま寝室を出ようとしたが、あやうく気づいて服を拾い集め、バスルームの洗濯かごに入れた。厳密にいえばデヴォンの洗濯かごだし、デヴォンはふたりの服がいっしょくたになるのをいやがりそうだけれど、わたし専用の置き場所はない。やることリストに、もうひとつ追加だ。

重い足を引きずってリビングに行くと、枕と毛布はすでに用意されていた。キッチンからデヴォンが顔をのぞかせ、アシュリーがソファーに腹ばいになって枕にぐったりもたれると、肩に毛布をかけてくれた。

「すこしはよくなったかい？」

アシュリーはうなずいた。「もうそんなに痛くないの。あと数時間もすれば落ち着くはずよ。薬のせいでぼんやりするだけ。三錠もつづけてのんだのは初めてだから」

デヴォンは眉間にしわをよせた。ふたりが衝突した直後に、アシュリーが人生最悪の頭痛に見舞われたことの意味を考えているように。

「だったら、もうすこし休んでおいで。なにか食べられるかどうか、あとで様子を見に来るよ。食事はうちでしよう。なにか注文してもいいし、きみさえよければ、ぼくが作ってもいい」

アシュリーはうなずいた。

「何本か電話をかけなくちゃいけないんだ。きみの家族にも、戻ってきたことを伝えるよ」

アシュリーは警戒するように目を見ひらいた。「なんて説明するつもりなの？」

デヴォンの眉間に、またしわがよった。「きみが片頭痛を起こしたので、家に戻ったほうがいいだろうと思った。それだけだ」

アシュリーはほっとして肩の力を抜いた。「みんなお見舞いに来たがるわ。とくにママはね。よくなったらすぐに電話するって言っておいて」

「わかったよ。さあ、休んで」

デヴォンは彼女のひたいにキスし、毛布をあごまで引きあげ、電気をぜんぶ消してから出ていった。仕事部屋のドアが閉じられる音を、アシュリーはひとり、暗闇のなかで聞いていた。

頭にかかっていたもやが、じょじょに薄れていく。アシュリーは痛みの猛攻撃に備えたが、実際に感じたのは鈍痛だけで、それはこの二年間で最悪の片頭痛が、終わりかけていることを告げるしるしだった。

そういえば、片頭痛用に処方された薬を使ったのは、ずいぶん久しぶりのことだ。頭痛の引き金になるのは心労だ、というのが医者の診断だった。このまえ頭痛の頻発に苦しんだのは、両親が一時的に別居し、ふたりがいずれ離婚するのかもしれないと心を痛めていた時期だった。

アシュリーにとっても、親戚のだれにとっても、それは予想外の事態だった。両親が愛しあっているのは、はためにも明らかだったから。別居は長くはつづかなかった。問題がなんだったにせよ、ふたりはそれをすみやかに乗りこえ、父は母の住む家に戻り、両親はアシュリーがずっと見てきたとおりの、仲むつまじい夫婦に戻った。

だが別居の期間中、アシュリーは不安のどん底にいて、週一回のペースで頭痛にみまわれた。医者にはストレスを管理する方法を身につけなさいと助言されたけれど、あのときは聞き流してしまった。いま考えてみると、デヴォンが指摘したとおり、感情をむきだしにするのは、わたしの悪い癖なのかもしれない。わたしは生の自分をむきだしにして世間に向きあい、感情に翻弄されてしまう。でも、そんな自分を変えることなんて、できるのだろうか？

アシュリーはため息をついた。もしも来年一年を、薬でもうろうとしたまま過ごしたくないなら、タフにならなくては。スポンジみたいに、なんでもかんでも吸いこんでいてはだめだ。

夫に愛されていない？　それがなんだっていうの。幸せは自分で見つけなくちゃ。おばあちゃんはいつも、自分の繭は自分でつむぐもの、と言っていた。このこんがらがった結婚生活をつむぎあげたのは、わたし。この繭のなかで、もがかなきゃいけないのも、わたしだ。

薬の効果が薄れると、眠気もどこかに飛んでいった。アシュリーはめまぐるしく頭を回転させ、やるべきことリストにどんどん項目を追加していった。そしてやってはいけないことリストにも。後者は前者と同じくらい長かった。

料理を習う。そんな項目がひょいと頭に浮かび、アシュリーは眉をひそめた。だいたい、みんなどこで料理をおぼえるんだろう？　デヴォンだって、簡単な料理なら作れる。わたしときたら、お湯さえ沸かせるかどうか。

いいえ、悩む必要はない。ピッパは第一級の料理人だし、新婚ほやほやの妻が料理を教えてと頼むのはちっとも不自然じゃない。ロマンチックな食事で彼を驚かせたいのと言えばいい。

それから料理番組。料理専門のチャンネルだってある。きっと実践的な知識が身につくはず。

掃除。掃除のやり方なら知っている。効率よくやる才能がないだけだ。でも、へたくそなりにやってみるまでだわ。要は秩序を守り、集中力をたもつこと。

言動にも気をつけなくちゃ。これだってべつに難しくはないはずだ。大声で笑い、手をふりまわすかわりに、ほほえんで、うなずく。社交上のマナーにかけてはママの得意分野だけど、それはいつもパパのためにビジネス関係のパーティーを仕切ってきたからなんだわ。

仕事部屋のドアが開き、デヴォンが出てきた。

「眠れないんだね。なにかほしいかい？」

アシュリーは首を横にふり、毛布を首もとまで引きあげた。「大丈夫。気分がよくなってきたわ」

デヴォンはソファーの向かいのアームチェアに腰を下ろした。目が合ったが、アシュリーは視線をそらしたい衝動をこらえた。いつまでもデヴォンを避けつづけるわけにはいかない。

「ご両親と話したよ。お母さんはもちろんきみを心配していた。元気が出たら電話してほしいそうだ。お父さんは明日ぼくに用があるそうだから、きみの具合がよくなれば、何時間か外出してくるよ」

「わたしなら大丈夫」アシュリーは静かに言った。「つきっきりで面倒を見てくれなくてもいいのよ」

「なにか必要になるか、また気分が悪くなったら、電話してくれ。すぐに帰ってくるからね」

デヴォンの仕事中に電話をかけるつもりは二度とないけれど、それはいま言わなくてもいいだろう。アシュリーはうなずき、ため息をついた。これがわたしの結婚生活のなれの果てなのだ。お互いの存在にまごついているふたりが交わす、ぎこちない会話。

「なにか食べられそうかい?」デヴォンが沈黙を破った。「なにがいいかな」

差しだされた和解のしるしを受けとろうとアシュリーは身を起こし、ソファーのアームにもたれて座った。

「いやじゃなかったら、あなたが作って。わたしはカウンターに座って料理するところを見てるわ」

デヴォンはこの提案に驚いたようだったが、驚きはすぐに安堵《あんど》に変わった。

「それはいいね。音や光は気にならない？」

アシュリーはもう一度うなずいた。こんなふうに無口になったのは、きっと言葉をおぼえる前の赤ちゃん時代以来だ。パパとママはいつも、おまえはしゃべりはじめるのが遅かったから、残りの人生で埋めあわせをしているんだと笑っていた。

デヴォンは立ちあがり、手を差しだした。「寒かったら毛布も持っておいで。カウンターのスツールに座って、毛布にくるまってればいい」

かすかに躊躇《ちゅうちょ》してから、アシュリーは彼の手を取り、そのぬくもりを楽しんだ。

デヴォンはアシュリーをスツールに座らせ、毛布でくるみこんでから、冷蔵庫の中身を調べた。

「今日はなにが食べたい気分かな？」

冷蔵庫になにが入っていて、なにが入っていないのか、アシュリーには見当がつかなかった。たぶんこれも、わたしの至らなさの証拠なのだろう。頬が熱くなり、アシュリーは下を向いた。明日、冷蔵庫の在庫調べもしなくちゃ。家じゅうを掃除したあとで。

「アッシュ?」

アシュリーはさっと顔を上げた。「なんでもいいわ」

「それはよかった。牛のタンが悪くなる前に料理したかったんだ」

目をぱちくりさせてから、アシュリーはからかわれたことに気づいた。初めて彼に抱かれた夜の記憶がよみがえる。

ひとりでに笑みがもれた。デヴォンはほっとしたように目をきらめかせ、ほほえみかえした。

「だめかな?」

アシュリーは首をふった。「牛のタンはお断り。脇腹肉なら食べるわよ。お尻でもね」

「尻なら食べるのに、舌は食べられないなんて」デヴォンは憤慨したふりをした。

アシュリーは頬をゆるめ、カウンターにひじをついてあごを手で支えて身を乗りだした。

こんなお芝居なら、悪くないかもしれない。

デヴォンはカウンターに肉の包みをのせ、また冷蔵庫をのぞき、たまねぎを一個と、色とりどりのピーマン、それからマッシュルームを一パック取りだした。

「野菜炒《いた》めはどうかな? さっとできるし、自分で言うのもなんだけど得意料理だよ」

「いいわね」

すぐに肉を炒めるジュウジュウという音が部屋を満たした。肉を焼くあいだにデヴォンは野菜をきざみ、その手を止めて肉をさっとかきまぜ、それからまた、まな板に戻った。デヴォンはキッチンでもさまになる人だ。そでをまくりあげ、いちばん上のボタンをはずし、集中のあまり眉間にしわをよせている。とても手際がいいけど、そもそも彼の手際が悪かったことなんてない。デヴォンがうまくやれないことなんてあるのかしら？　彼はなんだって楽々とこなしてしまう天才たちのひとりなんだろうか？

「あなたって弱点はないの？」気がついたら声に出していた。

アシュリーは心のなかでうめき声をあげた。これはやってはいけないことリストの項目でしょ。もっと……控えめにふるまわなきゃ。すくなくとも、頭に浮かんだことを口走るのはやめないと。

デヴォンは目を上げ、聞きとれなかったというように首をかしげた。「もう一回言ってくれ」

アシュリーは首をふった。絶対だめ。「くだらないことよ。忘れて」

デヴォンは包丁を置き、フライパンにちらりと目をやってから、アシュリーに視線を戻した。「どうしてぼくの弱点を知りたいんだ？」

アシュリーは目を閉じて、足もとの床がまっぷたつに割れて自分をのみこんでくれるように願った。

「アッシュ？」

アシュリーはため息をついた。「ほんとにくだらないのよ。あなたはなんだって楽々とこなしちゃう人に見えるけど、苦手なことをひとつでも知りたいと思っただけよ。わたしたち凡人にも希望が持てるように」

デヴォンはうめいた。「きみはぼくが野球もどきをするのを見たことがないんだな。もどきと言ったけど、実際はもっとひどいんだよ。ラファエルとライアンとキャムは、すくなくとも年に一回、ぼくを草野球の試合にひっぱりだして、さんざんいじめるんだ。ぼくの傲慢さへの報復なんだってさ。おまけに半年はそのことを忘れさせてくれない」

「つまり、あなたは野球がへただってこと？」

「ああ。おっしゃるとおり」

アシュリーは頬をゆるめた。「気にしないで、わたしだって野球はへたくそよ」

デヴォンは笑いかえし、肉を取りだしたフライパンに野菜を入れた。「同類だな」

「そうね」アシュリーは静かに言った。

デヴォンは料理の仕上げにとりかかり、五分後にはアシュリーの前に皿を置き、自分の皿を持ってシンクにもたれると、カウンターの向こうから彼女を眺めた。

アシュリーは首をかしげた。「座らないの？」

「きみを見ていたいんだよ」デヴォンは彼女の顔を眺めながら言った。

頬が熱くなり、アシュリーはいそいで皿に視線を落とした。返す言葉が見つからない。たぶん、デヴォンも努力しているのだ。わたしと同じように。明日から、やることリストの項目に取りくんでいかないと。

一日ではきっとなにも変わらない。でもたぶん……いつかは。

13

翌朝、デヴォンが出かけたあと、アシュリーはシャワーを浴びながら、状況は自分しだいだと自分に言いきかせた。どん底に沈むか、浮かびあがるかは、幸せのためにどれだけ努力できるかにかかっている。簡単に投げだすわけにはいかない。

鏡に映った自分を見ると、勇気がくじけそうになった。目の下のくま。歯を食いしばりすぎてできたほうれい線。悲しみが顔に刻みこまれ、世間にさらされている。感情を隠すのは昔から苦手だった。まるでわたしのベールはラップみたいに透明なんだわ。

カーリーに、非常事態用のメイクを教えてもらっておいてよかった。ヘアスタイリングとメイクが終わると、すくなくともゾンビのようには見えなくなった。疲れて見えるのはたしかだけど、それは頭痛のせいだと言えばいい。

さて、まずはママに顔を見せに行こう――グロリア・コープランドは自分のひな鳥からの連絡があまりに遅れたら、マンハッタンに飛んできかねない。それをすませたら、仕事に取りかからなくては。山ほどある仕事に。

タクシーがマンションの前で止まると、ドアマンのアレックスがいそいで迎えにあらわれた。

「ご機嫌いかがです、ミス・アシュリー？　新婚生活はどうですか？」

今週が終わるまでに、きっと百回以上この質問をされるはずだ。そのあと、たいていの人が、ハネムーンを二日で切りあげた理由をたずねるだろう。

「元気よ、アレックス。母に会いに来たの。上に連絡して、わたしが来たと伝えてくれる？」

ほどなくアシュリーは、フロアをまるごと独占するペントハウスの前で、エレベーターを降りた。子ども時代の大部分を過ごした場所だ。しばらく前に自分ひとりの部屋に引っ越していたとはいえ、いまだにわが家といえばここが真っ先に思い浮かぶ。

「アシュリー！」母は声をあげ、いそいでかけよってきた。「まあ、ほんとに大変だったわね。さあ、こっちに来て、顔を見せて。頭痛はよくなった？　引っ越しやら結婚式やらが、立てつづけにありすぎたものね。あなたが疲れきってしまうんじゃないかと心配してたのよ。もっとゆっくりすすめるべきだったわよね」

母は娘を抱きしめ、しばらく離さなかった。アシュリーは、なにもかもがいやになったときに母親だけが与えられる慰めにしがみついた。

「アシュリー？」とうとう体が離れると、母は心配そうな声を出した。「大丈夫なの？　こっちに来て座って。今日はなんだか別人みたいよ」

アシュリーは座り心地のいい革のソファーまで母親に手を引いてもらうことを自分に許した。そしてゆったりと座りこみ、ほのぼのとした感覚が毛布のように自分を包むのを許した。

「わたしは大丈夫よ、ママ。ほんとにママの言うとおりね。興奮することや緊張することがありすぎて、セント・アンジェロに着いたとたん、気が抜けちゃったんだわ。かわいそうなデヴォンは、わたしが薬でもうろうとしてるあいだ、つきっきりで面倒を見てくれたのよ」

「わたしのかわいい娘の面倒を見てくれてありがたいこと。もう気分はよくなったの？　顔は青いし、くまができてるみたいだけど」

カーリーのメイク術なんてしょせんそんなもの。

「よくなったわ。今日は顔を見せに来ただけだから、すぐに帰らなきゃ。部屋じゅうを整理整頓するっていう大仕事が待ってるのよ」

母はアシュリーの腕を軽くたたいた。

「わかったわ。でも帰る前に、あたたかい紅茶をご馳走《ちそう》させてちょうだい」

「チャイね?」アシュリーは望みをこめてきいた。

母はにっこりした。「ペパーミントを添えて」

アシュリーはため息をついてソファーに身を沈め、厳しい現実に立ち向かう前に、母に世話を焼いてもらい、甘やかしてもらおうと思った。もしも、どこかのメーカーが母親の愛情をばんそうこうの箱に詰めこむことに成功したら、きっと大当たりするはずだ。人生に行きづまったら、母親印のばんそうこうをぺたり。すぐに万事解決。

数分後に戻ってきた母は、アシュリーの目の前のコーヒー・テーブルにトレイを置いた。それから娘に湯気のたつカップを渡し、お茶に落とすペパーミントの包みをむいてやった。

アシュリーは母親の顔をじっと眺めてから、カップを手に、ソファーにもたれた。「ママ。パパとなにがあったの?」

母は意表を突かれたように目を丸くし、それからカップを受け皿に戻した。「どういう意味?」

「パパと別居してたときのことよ。正直言って、わたしにとってはつらい思い出だから、いままで一度もきかなかったけれど。でも、こうして自分が結婚してみると……ふと知りたくなったの。ふたりはいつも愛しあっているように見えたのに」

母は視線をやわらげ、カップをコーヒー・テーブルに置いた。それからアシュリーの空いているほうの手を自分の両手に包みこんだ。

「あなたも結婚したんだから、そういうことを心配するのは当然よね。でも、あまり気に病まないで」

「そうだけど、パパとママに起きたことなら、だれにだって起きるように思えるのよ。パパが浮気したの？　ママは許したの？」

「いいえ、まさか！」母はため息をつき、首をふった。「あなたもエリックもつらかったと思うけれど、とくにあなたにはつらかったでしょうね。そこまで想像していたなんて思いもよらなかった。わたしがあさはかだったわ。子どもたちを夫婦のごたごたに巻きこまないためには、なにも知らせないのがいちばんだと思ったのよ。それはまちがいだった」

「なにがあったの？」アシュリーは静かにきいた。

「いまになってみると、つまらないことよ。ただ、あのときのわたしは、自分の結婚生活が終わったと信じこんでいたの。あなたのお父さんはいつもと変わらなかった。ただ、突然、それがわたしにとってじゅうぶんでなくなっただけ。わたしは不安になったの。ひょっとすると、自分がその関係になにを求めているのかわからなくなったり、相手の気持ちが自分に向いていないんじゃないかと悩んだりする時期は、だれにでもくるのかもしれないけれど。あなたのお父さんは朝から晩まで働いていたし、長い出張もしょっちゅうだった。あなたとエリックは大人になって自分の道を歩きはじめ、わたしは急に孤独を感じ、自分が役立たずだと思うようになったのよ」

「ああ、ママ。わたしが気づけばよかった」アシュリーは悲しそうに言った。「つらかったでしょうね」

母はほほえんだ。「そうね、だけどそれはお父さんのせいじゃなかった。いつものように家に帰ったら、自分の荷物が妻の手で荷造りされていて、ほかに住む場所を探すはめになっていたんですもの、さぞかしびっくりしたでしょうね。なにがいけなかったのか教えてくれと言われたわ。自分はなにをしたのか、どうすれば仲直りできるのかって。でも正直言って、わたし自身にもさっぱりだった。わかっていたのは、自分が不幸なこと、そして結婚生活や夫に求めるものが見えなくなったということだけ。わたしにわからないものが、お父さんにわかるわけないわよね」

「それでママはどうしたの」

「一週間、お父さんと話すのを拒否したわ。怒っていたわけじゃないの。なにを言えばいいかわからなかっただけ。そのあいだ、自分が彼になにを言いたいのかを整理したわ。そして、変わらなければいけないのはお父さんではなく、自分だと気づいたの。問題はわたしだったのよ。これからの自分を幸せにする方法を見つけるのはわたしの仕事で、お父さんが代わりにできることじゃなかった。やっとわたしが口をきいたときには、かわいそうなお父さんは、やつれきっていたわ。彼を苦しめたことでとても心が痛んだけれど、わたしが自分の問題を解決できないかぎり、夫婦としてやっていけなくなることはわかっていた。一時的な別居を提案すると、お父さんは断固反対したわ。わたしには彼の許可を求める必要はないこと、そしてふたりのあいだにはすでに距離があることを、やんわりと伝えるまで、お父さんは引かなかったわ」

アシュリーは眉間にしわをよせた。「わたしはずっと……家を出たのはパパの選択だと思ってた。よそに女の人ができたのかと」

母は悔やむように唇をゆがめた。「そうね、困ったことに、エリックもそう思ったのよ。あの子はお父さんに激怒した。わたしが説明してやっと落ち着いたけれど。たぶん、それからはわたしに腹を立てていたでしょうね、お父さんを出ていかせたことで。エリックは黒白をはっきりつけたがるから」

「知ってる」アシュリーはしかめっつらで言うと、チャイをもうひと口飲んだ。「それからどうしたの？　またパパと暮らせると思ったきっかけは？」

母は遠くを見るような目をした。「別居は半年つづいたけれど、ある意味では、あの半年はわたしの人生で最上の時期だったわ」

　アシュリーは目を丸くした。「そんな、ママ！」

「わかってるわ、だけど話を聞いて。なまやさしい時間じゃなかったのよ、けっして。だけどあの半年が、人生をどう送りたいのかをはっきり見せてくれた。人生をだれと過ごしたいのかもね。チャンスはあったのよ。口説いてきた男性はたくさんいたし、みんなわたしとデートや情事を楽しむ機会があれば、喜んで飛びついたでしょうね」

　アシュリーは口をぽかんとあけ、母はその反応を見てにっこりした。「まさか三十を過ぎたらセックスへの欲求が消えると思ってる？」

「まいったわ」アシュリーはつぶやいた。「自分の母親の口から、父親と別居中に浮気するチャンスがあったなんて話を聞くとは思わなかったわ」

「チャンスはあったわ。でも、できなかった」母は言った。

「パパを愛してたから？」

「恥ずべきことだからよ。あなたのお父さんは、そんな恥をかかせていい人じゃなかった。それにわたしは彼以外のだれともいっしょになりたいと思わなかったの。気づいたのよ、自分の不幸を彼のせいにしていたことに。お父さんがわたしをないがしろにしてきたとか、仕事中毒だというのは簡単だった。でも真相はね、子どもたちが巣立ったあと、わたしは目標を見失ったというだけだったのよ。そしていらだちを、いちばん手近な標的にぶつけた。自分の失敗や、やるせない気持ちに責任を取るのが怖かったからよ」

「わたし、考えてもみなかった……」

母はにっこりして娘の頬に触れた。「なにを？　わたしがほかのみんなと同じように人間だということ？　自分の母親が完璧じゃないということ？」

「うん、そうかもしれない」アシュリーはぎこちなく言った。「ショッキングな真実だわ。母の理想化という落とし穴からはだれしも逃げられないのね」

母は笑い、アシュリーの鼻をつまんだ。「そういうふうがった言い方は、お父さんそっくり。似たもの父娘《おやこ》だっていつも思ってたわ」

「うそ、わたしはパパとちっとも似てないでしょう。そんなことを言ったらパパがショックを受けるわよ。おまえにはビジネス向きの頭がないってよく嘆かれたもの」

母は甘やかすような笑みを浮かべた。「でもあなたはお父さんと同じく広い心の持ち主だし、一度愛するとなったらすべてを懸けて愛するわ。お父さんもそう。出ていくように頼んだとき、彼は打ちひしがれたわ。そうしなければだめになるとわかっていたけれど、それでもつらい決断だった。おかげで結婚生活はよくなったのよ。またいっしょになったとき、わたしはより強く、自信のある女性になっていた。お父さんに助けてもらわなくても自立していたの。わたしは彼がほしかった。でも必要とはしていなかった。そこが違いだったのよ」

アシュリーはカップを置き、衝動的に母を抱きしめた。「愛してるわ、ママ。話してくれてありがとう。聞けてよかった」

母は娘の髪を撫《な》で、抱きかえした。「わたしもあなたを愛してるわよ。助けが必要になったら、いつでもいらっしゃい」

デヴォンはウィリアム・コープランドの正面に座り、彼がウェイトレスに注文するのを待っていた。ふたりはウィリアムがお気に入りのランチを出す店にいたが、デヴォンはすこしも空腹ではなかった。

「食べないのかね、息子よ」ウェイトレスが期待するようにデヴォンを見、ウィリアムがうながした。

「水だけで結構です」

ウェイトレスが去ると、ウィリアムは椅子の背にもたれかかり、ふと表情を引きしめた。

「話したかったのは、経営体制の変更についてだ」

ただでさえずきずきと痛むデヴォンの頭のなかで、警告のベルが鳴り響いた。このふた晩というもの、アシュリーの泣き顔が目の前にちらついて満足に眠っていない。いまもっとも起きてほしくないのは、このタヌキおやじが契約をほごにすることだ。それはあまりに皮肉すぎる。

デヴォンの不安を見抜いたウィリアムは、間髪入れずにつづけた。

「きみの考えているようなことじゃないさ。コープランド社におけるわたしの地位を、きみに引き継いでもらえないかという話だ。この合併は世間を騒がせないように静かにすめるはずだったことも、表向きにはコープランドの名を残してトライコープ社は参謀的な役割を果たすという内容に同意したことも、じゅうじゅう承知のうえで、わたしは辞職するつもりであり、きみに後継者になってほしいのだ」

デヴォンは困惑して首をふった。「おっしゃることがわかりません」

ウィリアムが重々しいため息をついた。「わたしは病気なんだよ。健康上の問題を抱える身だ。それでも陣頭指揮を取ってきたのは、家族にじゅうぶんなことをしてやりたかったからだ。ほんとうはエリックに継いでもらいたかったが、あの子にはまだ心構えができていない。というか、エリックが実家の事業に将来を捧《ささ》げる気があるかどうかもわからんのだよ。最近は、別の方面に興味があるようなこともにおわせていたからな。それにアシュリーだが……。わたしがこの合併話を強硬にすすめてきたのは、そもそもあの子のためだった。アシュリーには、わたしが信頼できる男、アシュリーの面倒をきちんと見てくれるはずの男と結婚してほしかったんだ。わたしの健康状態に問題があることが世間にもれれば、ハゲワシどもが舞い降りてくるのは目に見えていた。アシュリーは格好の獲物だからな」

「病気というのは」デヴォンは声をしぼりだした。「どの程度悪いんです?」

「まだわからんのだよ。うそをつく気はない。グロリアにも打ち明けていないが、きっと仰天するだろうな。そうはいっても、まだくたばる気はないぞ。子どもたちや、未来の孫たちと、過ごす時間をたっぷり持ちたいからな。いまの地位を築くまで、わたしは何十年もあくせくと働いてきた。このあたりで引退して、これからは妻との時間を大事にし、孫たちが遊ぶのを見守りたいんだ。だがそうする前に、会社を信頼できる人物に任せたかった。わたしはコープランド社を消滅させないために、今回のような合併の話を首を長くして待っていたんだよ。トライコープ社がとくに気に入ったわけじゃない。同等の条件を提示してきた企業は十以上あった。トライコープに決めたのは、きみがいたからだ。きみこそわが娘、わが社のために探し求めていた男だった」

「なんと言っていいかわからないな」デヴォンはぼそぼそと言った。「ハネムーンを中断した翌日に聞くには、あんまりな爆弾発言です」

「アシュリーを取り引きの材料にしたことで、きみがわたしをひどい人間だと思っているのは知っていたよ。実際、わたしはずるがしこい悪党でな。きみがこの合併を成功させたがっていることはわかっていた。きみが未来のホテル・チェーンにコープランドの名前をつけたがっていたことも。わたしは自分の望みも把握していた。双方の望みが完璧に一致したわけだ。おまけにわたしの家族はじゅうぶんな利益を受ける」

「アシュリー以外は」デヴォンは静かに言った。

ウィリアムはさっと視線を上げた。「どういう意味かね？」

「アシュリーが求めていたのは、彼女をあがめ、愛し、彼女の夢を体現する夫です」

「きみがそうなってはいけないのか？」

デヴォンは返事につまった。「いつ引退されるつもりですか？」

「準備が整いしだい、会議にかける。きみを後継者にすることは隠さないよ。きみがあとを継ぐのは道理にかなった話だし、わたしは取締役会の票数を握っているから、投票は問題にならんだろう。それから医者に予約を入れ、妻に打ち明ける。妻がわたしを医者に引きずっていけるようにな。そのあとは、妻に実権が渡り、わたしは彼女の許可なくしては尻ひとつかけなくなるんだ」

皮肉な言い方だったが、ウィリアムのやさしい目を見れば、彼が理屈をこえたところで妻を愛していること、そして引退後、彼女の尻にしかれることをちっともいやがっていないことは明白だった。

「どうかお大事に」デヴォンはぶっきらぼうに言った。自分の第二の父親になろうとしている男が、病にむしばまれかけているという事実が、ここにきて彼の胸を揺さぶっていた。

「ぼくたちの子どもを存分に甘やかしてください」

ウィリアムの表情がゆるみ、大きな笑みになった。「予定があるのかね?」

「たぶん。アシュリーしだいです。ぼくはただ、彼女に幸せになってほしいだけですから」

義理の父はうなずいた。「わたしもだ、息子よ」

ウェイトレスが前菜を運んでくると、ウィリアムはしばらく食事に没頭してから、ふと顔を上げた。「カクテルパーティーを開いてくれないか? アシュリーがホステス役に慣れるチャンスだ。二、三週間後がいいだろうな。その席で引退と、きみを後継者に選んだことを発表させてもらいたい」

「大丈夫です」デヴォンはそう言った。すくなくとも、そう願っていた。そのころにはアシュリーも落ち着いているだろう。

「そうか。あとで詳しい話をしよう。わたしは招待客のリストを渡すし、もちろんきみは自分の同僚を招いてくれ。さて、きみという義理の息子ができたことがどれだけ幸せか、もう一度言わせてくれ。最初の瞬間から、うちの会社にとっても、娘にとっても、最高の男だと思っていたよ」

14

自宅に戻ったデヴォンは、すぐに変化に気がついた。あの散らかりようはどこへいったんだ？　雑誌が放りだされていないし、靴が床にころがっていない。ドアノブにひっかかったハンドバッグもなし。おまけにクリーナーのにおいまでする。

アシュリーが引っ越してくる前の状態と同じだ。

まさか荷物をまとめて出ていったのか？　この結婚生活にチャンスを与えることをやめたのか？

不安が胃をしめつけ、パニックが喉からせりあがってきた。

そのとき、キッチンのほうからかすかな音が聞こえた。どうやらテレビの音らしい。キッチンのドアをあける前、デヴォンは木枠に手をついて体を支えなければならなかった。

安堵《あんど》が体内を吹き荒れた。

アシュリーはまだここにいるのだ。

アシュリーはカウンターのスツールに座り、集中のあまり眉間にしわをよせ、料理番組を見ていた。がむしゃらにメモを取っている。

どうやらアシュリーは一日がかりでキッチンの掃除をしたらしい。どこもかしこもぴかぴかで、床も輝いている。空中にはレモンの香りがたちこめていた。

アシュリーは色あせたジーンズにくたびれたTシャツという姿だった。髪はポニーテールにまとめられ、メイクはしていない。

このうえなく美しい。

だが疲れているようにも見える。目の下のくまがさらに濃くなり、壊れそうなはかなさは、デヴォンの本能的な保護欲をかきたてた。だが、彼女をここまで傷つけたのはぼくなのだ。

デヴォンはそっと彼女の腕に手をかけ、うなじにキスした。

アシュリーはびくりとし、のろのろとふりかえった。「おかえりなさい。こんなに早く帰るとは思ってなかったわ」

「ほんとうは今週いっぱい休みだからね」そう言って身を離す。「お父さんと食事をしたよ。仕事の話をしてきた」

アシュリーは顔をこわばらせたが何も言わず、デヴォンはそのことに感謝した。父親と、ビジネスの話はいまのところ鬼門だが、自然に口にする機会を増やすうちに、痛みも薄れるだろう。

「きみの物はどうしたんだ?」軽い口調できながら、冷蔵庫のドアをあけ、水のボトルを取りだす。

「ああ、ぜんぶ整理整頓したの」アシュリーが答えた。「結婚する前は時間がなかったから。ほかのことで忙しすぎて」

「そうか」デヴォンは小声で言った。「それに掃除まで? きみはひどい頭痛から回復したばかりだぞ。クリーナーの成分を吸いこむのは体にさわるんじゃないか」

「大丈夫。頭痛はおさまったんだもの。あとは後遺症の鈍い痛みだけ」

デヴォンは眉をひそめた。「ソファーに寝てたほうがいいんじゃないか。夕食はぼくが準備するから、いっしょにテレビを見てもいいし、音が気になるようならリビングでのんびりしよう」

アシュリーはスツールからあわてて立ちあがった。「いいえ、いいのよ。夕食はプランがあるから。もうおなかがすいた? 何時ごろ食べたい?」

この突然の動揺ぶりを、デヴォンはいぶかった。すくなくともアシュリーはふだんどおりにふるまおうとしているように見える。そのことがデヴォンを安心させた。ひょっとしたら、最初の嵐が過ぎ去ったあとでアシュリーは冷静になり、ふたりの関係は変わらないと考え直したのかもしれない。

「いそぐ必要はないよ」デヴォンはなだめるように言った。「なにか飲もう。料理はなにを作るつもりだい?」

アシュリーの頬が濃い赤に染まった。「わたしが作るんじゃないの。すくなくとも、今夜は。また別のときに作るわ。ケータリングを頼むつもりだったのよ。家庭料理を運んできてくれて、準備までやってくれるお店があるの」

「そいつはいいな、ありがとう。こういう一週間を過ごしたあとだから、家で静かな夕食をとれるのはありがたいよ。結婚式の前はゆっくり話す時間もなかったからね。これからその埋めあわせをしていこう」

ふと自分たちの状況を思いだしたのか、アシュリーの瞳に苦しみがよぎった。デヴォンは胸に痛みをおぼえた。彼女の記憶を消してしまえたら。だがそれも、時間がたてば、いつかは薄れるだろう。

アシュリーは悲しみをふりきるように肩をそびやかし、あごを上げた。「あなたはリラックスして座ってて。ワインはいかが? カクテルのほうがいいかしら?」

デヴォンは自分がやると言おうとしたが、彼女の目を見て思いとどまった。そこに見てとれたのは、自分の冷静さに必死でしがみつこうとする、無言のあがきだった。

「ワインがいいね」デヴォンは穏やかに言った。「なにか選んできてくれないか。ストックしてあるものはどれもぼくの好きなものだから、きみがなにを選んでもぼくは気に入るよ」

デヴォンは気まずい思いでキッチンを出た。これから数週間は、ふたりの関係の現実をふまえた道を、悪戦苦闘しながら探すことになるだろう。だが、うまくいく自信はある。ただ忍耐強くなればいいだけだ。

数分後、アシュリーはグラスをふたつと未開封のワインボトルを一本持って、リビングに入ってきた。コーヒー・テーブルにグラスを置くアシュリーは憮然《ぶぜん》とした表情だった。

「ワインをあけてもらえる?」彼女は口ごもるように言った。「ボトル・オープナーであけられなくて。やり方がまずいんだと思うわ」

デヴォンはボトルに手を伸ばし、彼女の手に自分の手を重ねた。「リラックスして、アッシュ、座って。ぼくがやるよ」

アシュリーはいたたまれなさそうに横にどき、ソファーに身を沈めた。彼女は回復したようには見えないし、ほんとうはまだ頭が痛いのかもしれない。眉間にしわをよせているし、疲労困憊《こんぱい》しているように見える。ワインを飲めば、すこしは気が休まるだろうか。

デヴォンはワインをあけ、彼女のグラスに先につい だ。それから自分のグラスについでテーブルに置くと、アシュリーの真正面にあるアームチェアに腰かけた。

「きみのお父さんは、二週間以内にカクテルパーティーを開いてくれと言っていたよ」

「わたしたちが？」アシュリーは悲鳴のような声をあげた。「どうしてママじゃないの？ママはおもてなしにかけては一流よ。どれだけ楽しかったかが、ゲストのあいだで語《かた》り種《ぐさ》になるくらいに」

「まもなくコープランド社において大きな変化がある。きみのお父さんはパーティーでそれを発表することで、衝撃を緩和するつもりなのさ。きみのお父さんは、経営の第一線から退かれる。引退後は、家族を大事にしたいそうだ」

アシュリーはぼうぜんとしていた。

「アッシュ、心配いらないよ。ほとんどのゲストは、ぼくたちの知り合いだ。いい会場を選んで、ケータリング業者を頼み、バンドを雇えばいい。それでじゅうぶんだ」

アシュリーは両手をさっと上げた。「大丈夫。わたしがする。あなたの手間は取らせないわ。ただ正確な日取りだけ教えてもらえれば。あなたもパパも忙しくなるでしょうし……ママはいつもパパのためにパーティーを切りまわしていたわ。わたしがあなたのために同じことができないはずないわよね」

アシュリーの声にあらわれた狼狽《ろうばい》は、デヴォンの不安を誘った。まるで葬式の企画を頼まれたような口ぶりじゃないか。だが、せっかくアシュリーがやる気になったのだから、出ばなをくじくのはやめておこう。ぼくのせいでひどいショックを受けたばかりのアシュリーが、ぼくのためにけなげに努力しようとしている。そう思うと、デヴォンは胸が熱くなった。

15

「もうダメ」アシュリーは肩を落とした。

ピッパはその肩に腕をまわし、ぎゅっと抱きしめた。「そんなこと言わないの。気楽にやりなさいよ。あなたはちょっと自分に厳しすぎるわ」

「三週間もたてば、さすがに簡単な料理くらいは作れるようになったって思うでしょう?」アシュリーは悲しげに言った。「ところがね、わたしってひどい落ちこぼれだったみたい」

「ねえ、どうしちゃったのよ?　このところ元気がなかったのは、料理のせいだけじゃないんでしょ。なにか悩みがあるんじゃない?」

アシュリーは輝くような笑みを作り、背筋を伸ばした。

「ううん、元気いっぱいよ。知らなかったけど、主婦業ってけっこう疲れるのよね。毎日の家事だけで手いっぱい。午前中はアニマル・シェルターに仕事に行くけど、デヴォンが帰ってくる時間には家で迎えられるようにしてるの。必死で料理するんだけど、けっきょくいつも大失敗」

ピッパは笑った。「だいたい、どうしてそんなに苦労してまで料理をおぼえたいの？　料理ができるかどうかなんてデヴォンは気にしないわ。どう見たって彼はあなたに夢中だし、あなたは結婚前から料理ができなかったじゃないの。デヴォンは奇跡なんか期待してないわよ」

アシュリーは唇をかみ、泣くのをこらえた。

ほんとうは疲れきっていた。カクテルパーティーの準備は、予想以上の大苦戦だった。母に電話をかけて助けてもらいたい誘惑にかられるときもあったが、けっきょくはプライドが許さなかった。

昔のアシュリーなら、あっけらかんと笑って手を上げ、わたしってダメねと認めただろうけど。新しいアシュリーはぐっとこらえ、淡々とやるべきことをこなすのだ。

「パーティーには来てくれるのよね？」ふとアシュリーは、知らない人に囲まれた自分を想像しておそろしくなった。

「もちろんよ。約束したじゃないの。緊張するのもわかるけど、大丈夫よ、アッシュ。あなたがいると会場がぱっと明るくなる。だれだってあなたを好きになるわ」

「当日は午後のうちにタビサのところで落ちあうことにしない？　みんなで髪をセットしてもらいましょうよ。わたしは今回のパーティーにふさわしい上品なスタイルにしようと思ってるの。わかるでしょう、若くて軽薄な感じじゃなくて、落ち着いた人妻らしい感じに」

ピッパは鼻を鳴らした。「軽薄ですって？」

アシュリーは笑ってその話を流したけれど、デヴォンにばかだと思われていることは自覚していた。

「カーリーにメイクも頼まなきゃ」

「あのねえ、なにも女王陛下のためにお茶会を開くわけじゃないでしょう。友達と仕事の関係者を呼ぶカクテルパーティーじゃないの。あなたのことを好きな人ばかりだし、いまはそうでない人だってそうなるわ。自分をいじめるのはやめなさいよ」

「ばかっぽく見られたくないだけよ」

ピッパは頭をふった。

「最近のあなたはどうかしてる。あなたはそのままで完璧なのよ。異論のあるやつがいたら、このあたしが相手になってあげる」

「ピッパ、大好きよ」アシュリーは胸を詰まらせて言った。

ピッパは猛烈な勢いで彼女を抱きしめ、急に離れた。「もしかして妊娠してるの？　いつもよりやけに感情的じゃないの」

「そんな、ちがうと思うわ。可能性がないわけじゃないけど、わたし生理周期を数えてないから」

「いいから妊娠検査薬を使ってみて。あなた変だもの、アッシュ。きっとホルモンのせいよ」

アシュリーは目を閉じた。いいえ、いま妊娠はできない。可能性の問題ではなくて、気持ちの問題だ。いまさら考えても手遅れかもしれないけれど。最後にデヴォンとベッドをともにしたのはいつだった？　もちろん結婚式の前だ。だとしても、結果をたしかめるにはまだ早すぎる。

「もうちょっと待ってからにするわ」アシュリーはかたくなな口調で言った。「いまはパーティーの準備で、てんてこまいだもの。これがミセス・デヴォン・カーターとしての最初の試練だと思うのよ。大勢の前で彼に恥をかかせたらいけないでしょう」

「もうじゅうぶん」ピッパはなだめるように言った。「息が詰まっちゃうわよ。それより、このソースにもう一回挑戦したい？」

アシュリーはため息をついた。「もっと簡単なものからはじめたほうがよさそうね。ソースは手に負えないわ。どれを作っても失敗するんだもの」

「よし、それじゃ、ちがうものに挑戦しましょう。なにか食べたいものを言ってみて」

アシュリーはすこし考えた。「ラザニア」

「いいじゃない！　すごく簡単だし。お手軽なレシピを教えてあげるわ。お子さまバージョンを卒業したら、もっと凝ったレシピもあるからね」

「わたしにはぴったりね」アシュリーはあきらめたように言った。「お子さまバージョンが」

ピッパはふきんでアシュリーをぴしゃりとぶった。「冷蔵庫からひき肉を取ってらっしゃい。最後の一パックなんだから、うまくやりなさいよ」

三十分後、アシュリーはピッパといっしょにオーブンのドアを閉め、こぶしを天に突きあげた。オーブンに入れたのは、少々難ありではあるが、まぎれもないラザニアだ。

「これならひとりでも作れるわ」アシュリーは手をふいているピッパに言った。「ほっとした！　わたしだって完全な落ちこぼれじゃないのかもね」

ピッパはうなずいた。「必要なのは、ちょっとの手間と忍耐だけよ。あなたはすぐに料理の天才になれるわ」

アシュリーは親友を抱きしめた。「ありがとう、ピッパ。大好きよ、知ってると思うけど。あなたって最高」

ピッパはにっこりした。「あたしも大好きよ、おばかさん。さあ、家に帰って、ダーリンが帰ってくる前にラザニアを作ってしまいなさい。明日電話で、どうなったか話してよね。それから妊娠検査薬も試すこと。あたしだって、自分がおばちゃまになるのなら、知っておきたいわ」

アシュリーは目をぐるりとまわした。玄関に向かいかけたところで携帯電話が鳴り、メールの着信を告げた。携帯をひっぱりだして文面を読みだしたアシュリーは、眉をひそめた。

「どうしたのよ、アッシュ」ピッパが言った。

「シェルターで問題が起きたみたい。モリーが動揺してるけど、詳しいことはなにも書いてないのよ。そんなに遠くじゃないし、帰る途中でよってみるわ。金曜の午後、タビサのところで会いましょう」

「気をつけてね。家に着いたら電話をちょうだい。あなたがひとりでシェルターに行くのを、あたしがいやがってることは知ってるでしょう」

「はいはい、ママ」アシュリーは答えた。「またね」

手をふると、アシュリーはピッパのアパートを出て、タクシーをつかまえに行った。

デヴォンの帰宅は思っていたより遅くなった。会議につぐ会議の長い一日を終え、耳の奥には自分に話しかける人々の声が残っている。

とにかくアシュリーに会いたい。彼女が夕食用に作りだしたしろものを見るのも楽しみだが。

デヴォンはにやりと笑ってネクタイをゆるめ、キッチンに向かった。不思議なことに、この三週間、元は食材だったらしい黒こげの物体が食卓に並んでも、まったく腹は立たなかった。むしろそれが本来ならどんな料理になるはずだったのか、当てるのがおもしろかった。

キッチンに通じる戸口に立ったとたん、デヴォンは食欲をそそる香りに気づいた。焦げたにおいとはまったくの別ものだ。ふつふつと音をたてるとろけたチーズと、焼いたトマトのほのかな香り。

腹の虫が鳴き、デヴォンはあたりを見まわして眉をひそめた。

アシュリーがいない。

オーブンのドアをあけると、そこにあったのはみるからにおいしそうなラザニアだった。

デヴォンは手早く鍋つかみを取り、ラザニアの入った皿を取りだした。

それからラザニアの皿をこんろの上にのせ、オーブンの電源をオフにしてから、アシュリーを捜しはじめた。寝室の近くまで来ると、アシュリーの話し声が聞こえた。

アシュリーは街を見おろす窓辺に立ち、携帯で話しこんでいる。邪魔をするまいとデヴォンが引きかえしかけたとき、すすり泣きの声がした。

デヴォンはさっとふりむき、目を細めてアシュリーに焦点を合わせた。こちらには背中を向けているが、目もとをぬぐっているようだ。

どうしたんだ？

いますぐ彼女につめより、悲しい目に遭わせたのはだれだときたかったが、デヴォンはその衝動を必死に抑えた。

「わたしも考えてみるわ、モリー。このまま見過ごすわけにはいかないもの」

アシュリーはまた目もとをぬぐい、通話ボタンを押して会話を終了した。そしてふりかえり、デヴォンを見た。目が大きく見ひらかれ、困惑のあまり閉じられた。

「大変、ラザニア！」

アシュリーは飛びあがり、涙の原因に気を取られていたデヴォンの横をすりぬけて走っていった。ラザニアを救いだした件を告げる余裕はなかった。

「アッシュ！」追いかけながら叫ぶ。

アシュリーはキッチンでひたいに手を当て、ラザニアを見つめていた。

「ごめんなさい。忘れてたの。あなたが帰ってこなかったら、焦げてたわね」

「いいんだよ」デヴォンは彼女の肩に手をかけた。「どっちみち冷まさなきゃいけないな。ぼくが皿を出すから、食事の準備をしよう。それから涙のわけと、だれと話してたのかを教えてくれ」

デヴォンはテーブルの上に皿を並べ、まだジュウジュウと音をたてているラザニアを取ってきた。

ラザニアにナイフを入れながら、デヴォンはアシュリーの言葉を待っていた。彼女が目に涙をあふれさせ、両手に顔をうずめると、心臓が冷えた。

ナイフを取り落としたデヴォンは、テーブルをまわりこんでアシュリーの横にかけつけた。

「どうした？　だれかになにか言われたのか？」

「今日は最悪」涙まじりの声で言う。「途中まで完璧だったのに。とうとうラザニアの作り方をおぼえたのよ。でも、そのあとモリーからメールがあったの。シェルターによって、直接話を聞いて、途方に暮れたわ。いまもモリーと話しあってたのよ」

デヴォンはやさしく彼女の手をはがし、涙でびしょ濡《ぬ》れの頬を見て、顔をゆがめた。

「モリーってだれだい？」

「シェルターのモリーよ」

デヴォンはまじまじと彼女を見つめた。ぼくが知っていて当然の人物のような話し方だが、まったくおぼえがないぞ。

「わたしの上司」

「ちょっと待ってくれ。アニマル・シェルターはきみが運営してるんだと思っていたが」

アシュリーはもどかしそうに首をふった。「責任者はモリーよ。営業と寄付金集めは、ほとんどわたしの仕事だけど。モリーが言うには、わたしにはコネがあるし、性格的にも向いてるんですって」

「そのモリーになにを言われたんだ？」デヴォンはやさしくたずねた。

「助成金が打ち切られるんですって。そうなるとシェルターをつづけられないのよ。光熱費や動物たちの食費と医療費は助成金でまかなっているし、それなしでやっていけるほどの収益はないから」

アシュリーの目にまた涙があふれた。

「シェルターが閉鎖されたら、うちの子たちはみんな公営のシェルターに移されて、引き取り手が見つからないかぎり、安楽死させられることになるわ」

「あとどのくらい持ちこたえられるんだ？」

アシュリーが鼻をすする。「たぶん二、三週間ね。もう収容数の限界まで受けいれているんだけど、いつ新顔が来るかわからない状況なの。このあいだもかわいそうな犬を一匹受けいれたばかりなのよ。とってもいい子なのに、必要な世話をされずに飼育放棄されていたの。人間がどうしてあんなに残酷になれるのか、わたしにはわからない。自分の子どもを路上に捨てたりしないでしょう？　ペットだって同じよ。子どもと同じように家族の一員なのに」

あいにく世間には自分の子どもを捨てて平然としている人間もいるのだが、いまのアシュリーにそれを言う必要はないだろう。

デヴォンは彼女の頬を撫《な》で、ひたいにキスした。「ともかく、食べようよ。どっちみち今夜はもう手の打ちようがない。明日の朝になれば解決策を思いつくかもしれないじゃないか」

アシュリーは沈んだ顔でうなずき、デヴォンはナイフを取りあげてラザニアを切りわけ、器用にふたり分の皿に取りわけた。

「なんてうまそうなんだ」デヴォンは笑顔を取りもどそうと、明るい声で言った。いまのアシュリーはハネムーンから戻って以来なかったほど悲しそうだ。早く、いつもの太陽のようなきみに戻ってくれ。

デヴォンはとろけたチーズと完璧なアルデンテのパスタ、香辛料のきいたソースをひと口分味わい、歓喜のうめき声をあげた。

「絶品だよ、アッシュ」

アシュリーはようやくほほえんだが、その笑みは小さかった。大きな青い瞳に残る深い悲しみの翳《かげ》りは、デヴォンの胸をぎりぎりとしめあげた。

アシュリーもラザニアをつついているが、とても食欲がありそうには見えない。そこでデヴォンは自分の分をいそいでたいらげると、手早くふたり分の皿を回収してシンクにつけた。

「おいで」手を差しだす。

アシュリーの手が自分の手にすべりこむと、デヴォンは彼女を寝室に連れていき、ベッドの端に座らせ、靴を脱がせた。

両脚のあいだにしゃがんだまま、ももを撫であげて、ヒップに手を添える。そのままアシュリーをじっと見つめた。デヴォンは自分でも半信半疑のまま、アシュリーにある約束をしようとしていた。

ビジネスマンとしてのデヴォンはたじろぎ、正気かと自分を責めた。だがアシュリーの悲しみに耐えられないデヴォンは、そうしろと強くうながした。

「聞いてくれ」自分にも言いきかせるための前置きだ。「ぼくにもいっしょに考えさせてくれないか？　希望を捨てるには早いよ。まだ数週間あるんだ。ぼくが助けになれるかもしれない」

驚いたことに、アシュリーはデヴォンに抱きつき、ぎゅっと抱きしめた。結婚式以来、とだえていた愛情表現だ。

「ああ、デヴォン……ありがとう」心のこもったささやきだった。「わたしがどんなにほっとしたか、あなたにはわからないでしょうね」

「わかるさ」デヴォンは皮肉っぽく言った。「きみはある種の人間たちよりも、シェルターの動物たちを愛してるんだ」

アシュリーはためらいもせずにうなずき、デヴォンの唇に唇を押しつけた。

デヴォンは彼女の顔を両手で挟み、むさぼるようなキスを返した。アシュリーはおずおずと彼の首に手をまわし、甘いため息をもらしながら、そっと彼に身をゆだねた。デヴォンのあらゆる筋肉が即座にかたくなった。

アシュリーの服をはぎとってベッドに押したおし、ふたりとも立てなくなるまで抱いて、抱いて、抱きつくしたい。だが、その前にデヴォンはしばしの忍耐を強いられた。

「なんでこんなにたくさん服を着てるんだ」ブラウスのボタンと格闘しながら、絶望したようにつぶやいた。高価そうな服だ。たぶんシルクだろう。だが、知るものか。新しいのを買ってやればいい。

絹が裂け、飛びちったボタンが床に落ちる音は、デヴォンの興奮をさらにあおった。つづけてズボンのボタンを不器用にはずし、脱がせはじめると、アシュリーがすこし腰を浮かせて協力してくれた。淡いピンクのランジェリーだけ身につけて座っているアシュリーは、あまりに可憐《かれん》で、美しかった。

デヴォンはもどかしく自分の服を脱いだ。慣れているはずなのに、焦りが邪魔をする。まるで生まれて初めて裸の女を前にした十五歳の坊主みたいだ。恥ずかしそうなアシュリーに上目づかいで見あげられると、思わずうめき声をあげそうになった。「そんな目で見るのはやめてくれ。ぼくは理性の崖っぷちに指先でしがみついてるのに、きみは助けようともしないんだな」

アシュリーの口もとがほころんだ。

魂を奪うような、いとしい笑み。デヴォンは最後の理性を捨てた。

アシュリーを抱きしめ、押したおす。ふたりの体はベッドの上で軽くはずみ、デヴォンはアシュリーの唇をむさぼった。

「かわいい下着だ」声がしゃがれた。「脱いだらもっとかわいいんじゃないかな」

体の下でアシュリーがもぞもぞと動いた。ストラップをはずそうとしているのだ。

「だめだ、ぼくにさせてくれ」

デヴォンはマットレスに手をついて上半身を起こし、アシュリーの腰の両側にひざをつく体勢を取った。

アシュリーの視線がじょじょに下がり、むきだしの彼自身を見ると瞳の色が濃さを増した。はりつめた彼自身に、おずおずと手が伸びる。頬を上気させたアシュリーは、すばやく視線を上げた。触れる許可を求めるように。

くそっ、きみがさわってくれるなら世界じゅうのなんだって差しだすさ。きみが幸せになれるなら、アニマル・シェルターを二十個買ってあげよう。だから早く、そのやわらかくてきゃしゃな指で……。

アシュリーが彼のせっぱつまった望みをかなえると、デヴォンは目を閉じ、うめいた。控えめな触れ方だった。軽く、遠慮がちな。まるで蝶《ちょう》の羽が彼自身の上で躍っているようだ。

大胆になったアシュリーの手で彼自身を包まれると、デヴォンはわれを忘れそうになった。

この好奇心あふれる探検をやめさせないと、持ちこたえられそうにない。いまは息をするよりもアシュリーのなかに入りたいのに。

デヴォンは前かがみになり、アシュリーの胸の谷間にキスし、胸のふくらみに鼻をすりよせながら手を伸ばし、ブラのストラップを肩からはずした。

アシュリーの香りはすばらしい。この部屋から消えてしまったのが残念だ。以前はポプリやアロマキャンドルがそこらじゅうにでたらめに置いてあり、この香りがアパートじゅうにただよっていた……アシュリーの香りが。新鮮で、はつらつとした、春の日ざしのような香り。

いまはクリーナーの香りが幅をきかせている。まるでアシュリー自身はどこかへ消えてしまったようだ。

ブラのカップがゆるみ、とがった乳首がデヴォンの唇の前にあらわになった。軽めに吸うと、アシュリーの体が震え、息が荒くなった。

デヴォンはブラのホックをはずした。丁寧な手つきで脱がせ、脇に放り投げる。そして目の前の光景を存分にたんのうした。

アシュリーの胸は美しい。サイズも完璧だ。本人と同じように小ぶりで可憐だが、男を魅了する丸みも備えている。うるおったピンク色の乳首は味わってみてと誘っているようだ。アシュリーの胸がとても敏感なことは、これまでの経験で確認ずみだ。首と、耳の下も。甘がみすれば、アシュリーはわれを忘れる。

デヴォンは左右の胸のふくらみを両手で包みこみ、親指で乳首に触れてから、頭を下げ、交互になめた。軽く歯を当てると、さらに先端がとがる。それから舌をもっと下、やわらかな下腹にはわせ、へそに唇をつける。

アシュリーは身をよじり、もっと、とつぶやいた。

薄いレースの下着に手をかけ、慎重にヒップから脚へ、もっと下へとすべらせていく。ついにアシュリーは一糸まとわぬ姿になった。

デヴォンは、アシュリーの脚のつけ根が自分の顔の下に来るようにじりじりと後退した。そして両手をヒップの下に差しこみ、ももの裏へと撫でおろした。ももを持ちあげ、脚を広げさせる。

淡いピンク色の濡れた部分が誘っている。デヴォンは唇をやわらかなひだに押しあて、そっと探った。

「デヴォン」アシュリーがかすれ声でささやく。

デヴォンは絹のようなひだに包まれた小さな核をそっとなめ、ぴくりと体を震わせるアシュリーの反応を楽しんだ。

ゆっくりと舌を奥にはわせ、けだるそうに、誘うように刺激する。アシュリーはもどかしそうに、ももでぎゅっとデヴォンの頭を挟んだ。最後のキスを残すと、デヴォンは体を起こし、自分自身をアシュリーの脚の合わせ目に押しあてた。

アシュリーの熱さを味わいながら、力強いひと突きで、奥まで沈めていく。アシュリーはあごをのけぞらせ、目を閉じて唇を結び、苦しげにも見える表情になった。

デヴォンはそのあごにキスし、首から耳の下へと唇を動かした。薄い皮膚の下で、血管が激しく脈打っている。

細い両腕がデヴォンの体に巻きつき、思いがけない強さで抱きしめた。つめが肩に食いこむ。

「脚をぼくの腰に巻きつけて」とデヴォン。「そうだ、ベイビー、いい子だね」

アシュリーは両方のかかとをデヴォンの背中の上で合わせ、デヴォンが動くたびに体を弓なりにそらせた。片手がデヴォンの髪のなかにもぐりこみ、頭を引きよせようとする。キスをせがんでいるのだ。

デヴォンはくすりと笑い、無言の要求に応えた。

激しく甘いキス。ふたりの舌がからみあう。

アシュリーは手と脚でデヴォンを抱きしめ、せがみ、求め、ふたりはついに一体になれる完全なリズムを見つけた。

こんなセックスは初めてだ……こんなに完全なセックスは。

「いきそうかい？」デヴォンはかすれ声できいた。

「やめないで」

「まさか、やめるはずないさ」

デヴォンはかたくまぶたを閉じ、激しく深く突きいれた。それからかりたてるような切迫したリズムで腰を打ちつけた。アシュリーが叫び声をあげる。

「名前を」荒い息をつきながら迫る。「ぼくの名前を呼ぶんだ」

「デヴォン！」

アシュリーは彼の腕のなかで絶頂を迎えた。

「アシュリー」デヴォンはささやいた。「ぼくのアシュリー。きみはぼくのものだ」

デヴォンは光の速度で達し、めくるめくような快感を解き放った。アシュリーの上に崩れおちる。呼ばせたばかりの自分の名前を忘れそうなほど、へとへとだった。

ふと、やさしい感触があった。アシュリーが背中を撫でてくれているのだ。きっと重たいだろうが、体を動かす気力がない。

この瞬間に大きな意味があることに、デヴォンは気づいていた。

なにかが変わった。だがそのなにかを突きとめるには頭が疲れすぎている。セックスでこんなふうになったのは初めてだ。

満ち足りているくせに、怖くもある。

16

アシュリーはひと晩借りきった高級レストランにつぎつぎと入ってくる客たちを見つめていた。

頭痛の間隔がさっきよりも短くなってきた。緊張のあまり吐き気がする。すべてを完璧にするためには、ひとつのミスも許されない。

午後はタビサのところでヘアとメイクをすませてきた。親友たちはアシュリーが希望したスタイルに首をかしげたが、最後には異議を唱えるのをやめ、とてもすてきだとほめてくれた。

アシュリーが望んだのは……大人の洗練だった。軽薄にも、はしゃいでいるようにも、感情的にも見えないように。

今夜はデヴォンに、自分が有能なホステスであり、彼に欠かせない存在であることを示すための夜なのだから。

衣装は前々から決めていたとおり、黒一色のシンプルなドレス。おかしなことに、いわゆるリトル・ブラック・ドレスを、アシュリーは今回初めて買ったのだった。アシュリーにとって黒を着るのは葬式に出るのと同じことだった。テンションが下がり、ゆううつになる。ほんとうはもっと明るい、元気な色のほうが好きなのだ。

以前は髪型にも無頓着で、そのまま下ろすか、クリップで簡単にまとめていたのだけれど。

今日はタビサが一時間もかけて、ひと筋の乱れもない優雅なシニヨンにまとめてくれた。ピッパはアシュリーが四十歳に見えると文句をつけた。

カーリーには落ち着いた色を使った上品なメイクをお願いして、仕上げにいつものシャイニー・ピンクではなく淡い色のリップをつけた。ドレスとヘアに合わせたアクセサリーは、二年前に他界した祖母にもらったパールのネックレスとイヤリングだ。

完璧だわ、とアシュリーは思った。だれもが同じように思ってくれますように。そしてこのパーティーが成功しますように。

部屋の奥ではジャズが演奏され、室内を行き来するウェイターたちが、オードブルや赤白のワインをすすめてまわっている。バーにはふたりのバーテンがつめ、壁沿いにはビュッフェも準備されている。

人工の鉢植えに飾られたライトが、華やいだ雰囲気をかもしだす。各テーブルの中央には花が生けられ、ゆらめくロウソクの炎が息づいていた。

「アシュリー、ここにいたのね」ピッパが客をかきわけるように近づいてきた。

「よかった、来てくれたのね」アシュリーはほっとして言った。「ありがとう。わたし、緊張でどうにかなりそうなの」

ピッパは顔をしかめた。「ねえ、そんなにかたくなることないじゃない。パーティーなのよ。リラックスして、楽しんで。そのぞっとするようなシニヨンを崩して、髪を下ろしちゃいなさいよ」

アシュリーは震え声で笑った。「あなたがそう言うのは簡単よ。百人もの夫の同僚を迎えなくてもいいんだもの」

ピッパはくるりと目をまわした。「いいから、飲み物を取りに行くわよ」

アシュリーはピッパにうながされるままにバーに行ったが、水を注文した。ピッパが片方の眉をつりあげると、アシュリーはため息をついた。

「明日、病院に予約を取ったの」アシュリーは声をひそめた。「みんなには秘密よ？　まだだれにも言ってないんだけど、わたし、妊娠してるかもしれないわ。妊娠検査薬を使ってみたら、判定不可能だったけど、まだ生理がこないのよ。はっきりするまで、お酒はやめておこうと思って」

「予約は何時?」ピッパがきいた。

「朝の十時よ」

「だったらこうしましょう。カーリーとタビサとあたしがオスカーの店で待ってるから、あなたは診察が終わったらまっすぐランチを食べに来て、どっちだったにせよ、結果を教えてちょうだい」

アシュリーはうなずいた。「わかった。どっちにせよ、助けが必要になりそうだものね。もう、どうしたらいいかわからないのよ」

ピッパは目を丸くした。「妊娠してたとしても、うれしくないってこと?」

「うれしいけど、うれしくないかも。わからないわ」

「アッシュ、ほんとにどうしたのよ。ずっと子どもをほしがってたじゃない」

アシュリーはデヴォンが近づいてくるのを見て唇をかんだ。

「ごめんなさい、いまはこれ以上話せないのよ。明日、診察のあとにお昼をいっしょに食べましょう。それから、絶対にしゃべらないでね。わたしもだれにも話してないの。デヴォンにさえ」

ピッパはけげんそうな顔をしたが、デヴォンがそばに来たので口をつぐんだ。

「見つけたぞ」デヴォンはピッパの頬に軽くあいさつのキスをしてからアシュリーの手を取った。「悪いけど、ピッパ、ぼくの奥さんを借りていくよ。紹介したい人たちがいるんでね」

ピッパは身を乗りだしてアシュリーの頬にキスした。「明日ね」そして小声で言った。「体に気をつけるのよ」

アシュリーは感謝のほほえみを向けてから、デヴォンについていった。そしてそれからの一時間、デヴォンが自分を客に紹介し、デヴォンと彼らが自分にはさっぱり意味のわからないことを話しあうのを、笑みを絶やすことなくただ静かに聞いていた。興味津々のふりをして、デヴォンの言葉はひと言も聞き逃さず、適切と思われるところでうなずきながら。

頭痛は首にも広がり、動かしただけで痛みが走った。顔にはりついた笑みのせいで頬の筋肉がこわばり、足は死にそうに痛かった。

「ここにいてくれ」デヴォンはにわか作りのダンスフロアの端にアシュリーを連れてきた。「きみのお父さんを捜してくるよ。今夜、引退を発表することになってるからね」

足はぱんぱんに腫れ、頭はずきずきと痛み、視界はぼやけていたが、アシュリーはうなずいて辛抱強く立っていた。

笑みを崩さないよう、そして苦痛が人目につかないよう、最大限の注意を払った。そして気を紛らわすために、妊娠の可能性について考えた。

いままで目をそむけてきた問題だ。考えるのも苦痛だった。妊娠していた場合は、この不透明な状況下で子どもを産む覚悟が自分にあるかどうかを考えなければいけなくなるのだ。

デヴォンと抱きあったあの夜は……笑みが消えそうになり、あわてて作り直した。すばらしかった。でも実際のところ、あれはなんだったの？　ただのセックス？　欲情？　愛を交わしたとは言えない。デヴォンはわたしを愛していないのだから。

彼はとてもよくしてくれる。親切にしてくれる。だけどわたしが望んでいるのはそれじゃない。わたしの心を傷つけたことで、罪悪感を持ってほしいわけじゃない。わたしがほしいのは、彼の愛だ。

不安と怒り、そして困惑がこみあげ、頭に血がのぼり、頬が熱くなった。アシュリーは手を握りしめて、開く動作をくりかえした。それが胸の内の嵐をなだめるために、自分に許した唯一の反応だった。

妊娠の可能性についてよくよく考えこむのはやめたほうがよさそうだ。ただでさえパニック寸前なのに、わざわざ自分で自分を追いつめなくてもいい。

父親がデヴォンといっしょに壇上にのぼった。母は父の横——いつもの定位置——にいる。でもデヴォンはわたしをあそこに呼ばなかった。ここに置いておきたがった。フロアを挟んだ反対側の隅に。そのことに意味があるのかどうか、アシュリーにはわからなかった。傷ついたエゴが思いつくかぎりのゆううつな筋書きを描きだし、自己憐憫《れんびん》のメーターがはねあがる。

父のあいさつはたっぷり三十分かかった。なつかしい思い出を語り、従業員と家族に謝辞を述べる。父が自分の名前を出し、甘やかすように笑うと、アシュリーもかろうじてほほえんだ。そして父はとうとう、みずからの引退と、デヴォンを後継者に選んだことを発表した。

驚きの声をあげる人もいれば、早々にこの事態を予想していたらしく、わけ知り顔でうなずく人もいた。眉をつりあげた人もいたが、いちばん目立った反応は、アシュリーを捜す視線だった。納得したような笑み。ひそひそ声。あそこにいたとばかり、あごをしゃくる動き。

もう耐えられそうにない。笑顔にひびが入りそうだった。これですべてがつながった、とみんなが叫びだしそうな気がする。〝なんだ、そういうことだったのか〟と。

アシュリーは逃げ道を探してあたりを見まわしたが、どこを見ても人がいた。だれもがわたしを見ている。デヴォンとわたしを見くらべている。あのおせっかいな笑顔。小ばかにしたように笑う女たち。

人生最悪の夜だわ。

あの結婚式の夜よりも、もっとひどい。

デヴォンは祝福の言葉をかけに来た人々に囲まれていた。親戚。従業員。心の底からの祝辞もあれば、警戒と不安が透けて見える言葉もあった。どれも予想していたことだ。変化のあるところには、かならずおそれが生まれる。気休めの言葉をかけるには早すぎるだろう。世界最高級のホテル・チェーンを自分が引き継ぐまでの数カ月のあいだに、どんな変化が起こるかはだれにもわからないのだ。

とりあえず今夜は、勝利の味をかみしめたい。デヴォンはパーティーがはじまる前にウィリアムをつかまえ、コープランド社がアシュリーのアニマル・シェルターに資金を援助するべきだと説得していた。

義父はいささか閉口ぎみに、妻を甘やかすにもほどがあるぞと文句をつけたが、最終的には折れ、きみが会社を引き継いだあとで好きなようにすればよかったのに、とも言った。それはそうだが、シェルターをあけつづけておくためには、即時の資金援助が必要だったのだ。

　このすばらしいニュースは、最高のタイミングを待ってアシュリーに伝えるつもりだった。パーティーが大成功のうちにお開きになったあと、ベッドのなかで。それからふたりとも前後不覚になるまで抱きあう。

　デヴォンは人だかりをかきわけて近づいてきたキャムを見て、もの思いから覚めた。にやりと笑いかけ、親友の背中をたたく。「ぼくたちは日の出の勢いだな。コープランドに、新しいリゾート。おまえもすこしはうれしそうな顔をしろよ」

　キャムはむっつりした顔で、デヴォンの肩ごしに部屋の隅を見つめていた。「彼女になにをしたんだ、デヴォン？」

　デヴォンはふりかえった。「なんだって？」

　キャムの視線の先にいるアシュリーは、人ごみを避けられるようにと置いてきた場所に、いまも立っている。

　キャムは首をふり、デヴォンをにらんだ。「見てもわからないのか？」

「なにを言ってるんだ」

　キャムはうめいた。「よく見ろよ、デヴォン。時間をかけて、ゆっくりと」

　デヴォンはいらだった。キャムに文句を言おうとした瞬間、アシュリーが手を上げてひたいをぬぐった。見落としていたものを浮き彫りにするしぐさだった。

青ざめ、げっそりした顔。疲れて、いまにも壊れそうだ。

アシュリーは……変わってしまった。結婚したときの、快活で、輝くような女性とは似ても似つかない。

デヴォンは眉をひそめた。「きっと頭痛だ」

「おまえは最低のばかやろうだ」キャムは吐き捨てるように言うと、返事も待たずに去っていった。

デヴォンは人ごみをかきわけてアシュリーに近づいた。

アシュリーはトライコープの社員ふたりと話している。いや、話しているのはふたりだけで、アシュリーはただ笑顔でうなずいている。

「きみたち、すまないね」デヴォンは穏やかに声をかけた。「ぼくの奥さんを貸してもらうよ」

アシュリーの顔にあらわれた安堵《あんど》は、デヴォンをたじろがせた。彼女はずっと苦痛に耐えながら、立ったまま父親のスピーチを聞いていたのだ。

デヴォンは彼女をそばに引きよせ、その顔に刻まれた疲労にあらためて胸をつかれた。いつもは表情豊かな瞳も、光が消えたようだ。

「帰ろう」

アシュリーは驚いたように見あげた。

「どうして？ パーティーはまだ何時間もつづくのよ」

「きみは疲れてる。頭痛がするんだね？」

アシュリーの顔がさっと赤く染まった。

「大丈夫。わたしなら平気よ。あなたまで帰る必要はないわ。ピッパに送ってもらうか、タクシーで帰るから」

「そんなことはさせられない。ぼくはもう役目を果たしたんだよ、あとはお父さんが主役だ。ぼくはきみを連れて帰って薬をのませ、ベッドで休ませる」

アシュリーはすこし肩を落としたが、しおらしくうなずいた。デヴォンは彼女の背中に手を添えながら、その打ちひしがれた表情にあらためてはっとした。

家に帰るまで、アシュリーは無言だった。暗い車内に座り、目を閉じ、不安をよびさますことをおそれているように、かたい姿勢のままでいた。

部屋に入ると、デヴォンはアシュリーの服を脱がせ、ベッドに寝かせてやった。それからひたいにキスし、毛布をあごまで引きあげた。

「薬と飲み物を持ってくるよ」

意外にも、アシュリーは首をふった。「いいの」小さな声で言う。「いらない。薬をのむともうろうとするからいやなのよ。いまはただ眠りたいだけ。朝になれば元気になるわ」

デヴォンは眉をひそめたが、反論するのはやめておいた。アシュリーは目をつぶり、静かな呼吸をしている。緊張がとけたか、またはとこうと努力しているのだ。

「わかったけど、朝になってもよくならなかったら、薬をのむんだよ」

アシュリーは目を閉じたままうなずいた。

17

「それで？」ピッパはアシュリーがコートを脱ぎもしないうちからせっついた。「教えてよ！」

「妊娠してたの？」タビサも口を添える。

心労がつづいた数週間の疲れがどっと襲いかかり、アシュリーは椅子に倒れこんだ。いけないと思いつつも、涙が目にあふれてくる。崩壊しかけたダムに、ついに穴があいたように。

泣き崩れたアシュリーを、親友たちはぼうぜんと見つめた。

「ちょっと、アシュリー、大丈夫？　気にしなくていいのよ、妊娠するチャンスなんてこれからいくらでもあるんだから」カーリーが慰めた。

タビサとピッパは左右からアシュリーを抱きしめた。

「わたし、妊娠してたの」アシュリーは泣きじゃくりながら言った。

三人はそろってキツネにつままれたような顔になった。いち早くわれに返ったピッパがテーブルからさっとナプキンを取り、アシュリーの涙をぬぐう。

嗚咽《おえつ》が一段落し、すすり泣きに変わるまで、親友たちは無言で彼女を撫《な》でさすり、抱きしめた。

「ねえ、いったいなにがあったのよ?」ピッパがぶっきらぼうにたずねる。「ひどい顔じゃないの。ここのところ、ずっと人が変わったみたいだったし……。きわめつけが昨日のへんてこな髪型とドレスよ。前のあなただったら死んだってしないような格好でしように」

「ピッパ!」すかさずタビサがたしなめた。「アシュリーがどれだけ傷ついてるかわからないの?」

「そうよ」カーリーがむっつりと言う。「いくら親友だからって、ぶすに見えることまで言わなくてもいいでしょうが」

タビサがため息をついた。「この人たちが遠まわしに言ってるのは、あなたが幸せそうには見えないってことよ、アッシュ。みんな心配してるの」

「なにもかもめちゃくちゃなの」そう言うと、また涙があふれだした。

「みんな今日は一日空いてるからね」ピッパが断言した。「さあ、なにが起きたのか話して」

そしてすべてが語られた。みじめな初夜から、デヴォンに愛される女性に変身するという決意にいたるまでの、屈辱的な一部始終が白日のもとにさらされた。

三人は凍りついたように固まっていた。それからピッパの目に怒りの炎が躍った。「あの最低男！　許せない！」

「わたしも」タビサがきっぱり言った。

「股間を蹴りあげてやりたいわね」カーリーがぼそりとつぶやいた。

「このまま我慢しつづける気じゃないでしょう？」ピッパが問いつめた。

「どうしたらいいかわからないのよ」アシュリーは疲れきった声で答えた。

カーリーがその手を握りしめた。「顔を上げてよ、アッシュ。あなたは美人で、やさしくて、あたたかい心の持ち主なのよ。そのままで完璧なんだからね。変わるべきは、あなたが結婚したまぬけ男のほうよ。あの男ったら、ほんとに頭にくるわ、どういう神経してるんだか。あなたはあの男にはもったいなさすぎるのよ」

「同感」ピッパがうなった。

タビサはアシュリーの体に両腕をまわしてぎゅっと抱きしめた。それから手を離し、頬に流れ落ちる涙をぬぐってやった。

「あなたを心から愛している人は、あなたを変えたいなんて思わない。あなたの根本的な部分を変えたがってる人には、一秒たりともあなたの時間を割く価値はないのよ」

「みんな、大好き」アシュリーはすすり泣きの合間に言った。「あなたたちがいてくれてほんとうによかった」

「もっと早く打ち明けてくれればよかったのに」ピッパが歯がみした。「友達ってこういうときのためにいるんでしょう。あたしたちはあなたの味方よ。もっと前に知ってたら、みんなでやつのおケツを蹴りとばしてやってたのに」

アシュリーは泣きながら笑った。「あなたたちがいなかったら、わたし、どうすればいいかしら」

「心配ご無用、わたしたちはいつまでもあなたのそばにいるからね」カーリーが請けあった。

「それで、これからどうするの？」タビサが気遣うように言った。

アシュリーは深呼吸した。

いま、この瞬間まで、わかっていなかった。もしかしたら、わかっていたのに、心の出した結論を受けいれたくなかったのかもしれない。

「やっていけないって彼に話すわ」

「上出来」ピッパが断言した。

「別れるのね？」カーリーが念を押す。

「彼とはいっしょにいられない。わたしにはもっと価値があると思うの。わたしにふさわしいのは、わたしを愛してくれて、わたしを変えようとしない男性だわ。自分以外の人間になろうとするのには疲れちゃった。昔の自分のほうが好きだったわ。いまの自分は好きになれない」

「それでいいのよ」タビサがうなずいた。「赤ちゃんのことは一分たりとも心配しないでね。わたしたちがついてるし、あなたのご両親も助けてくださるでしょう。わたしたち、いつだって力になるわよ。ベビーシッターを引き受けるし、検診だっていっしょに行くわ。なんなら分娩《ぶんべん》にだって立ちあうから」

「もう、やめてよ、また泣いちゃいそう」アシュリーは涙声で言った。

「だれかに付き添ってほしくない？」カーリーが心配そうに口を開いた。「あなたをひとりで行かせたくないのよね。ピッパが適役だと思うんだけど。この人、友達の敵に対しては鬼になれるから」

ピッパがにやりと笑った。

「いいの」アシュリーは胸を張った。「自分で解決しなきゃいけない問題だもの。そろそろ自分の人生のかじを取りなおしてもいいころだわ」

「あなたを誇りに思うわ」とタビサ。

「三人ともそう思ってるわよ」ピッパがきっぱり言った。「けりがつくまでの居場所が必要なら、あたしたちの家に好きなだけいてちょうだい。だれの家でもいいのよ、大歓迎するからね」

三人の瞳に燃える友情が、アシュリーの傷つき、冷えきった心をあたためてくれた。きっと大丈夫だ。しばらくはつらいだろうけど、それでもいつか元気になれる。乗りこえられる。

わたしには家族と、最高の親友たちと、赤ちゃんがいるから。

病院でおなかに生命が宿っていることを告げられたとき、わたしの全世界は変わった。優先順位が書き換えられた。自分自身と新しい命にとって最善の選択をするべきなのだとわかった。

あの瞬間、たしかな覚悟が生まれた。

まだ不安は消えないし、傷だって癒えたわけじゃない。それはひと晩では変わらないだろう。

それでも、わたしは知っている。だれに強制されたわけでもない、いまの道を選んだのはわたし。
するべきことをしなければ、この道からは抜けだせない。

18

デヴォンはうわの空だった。すでに三件の電話を無視してしまい、二通のメールの送信先をまちがえてしまった。

頭に浮かぶのはアシュリーのことばかりだ。今朝は彼女を置いていきたくなかったのだが、アシュリーは大丈夫だから仕事に行ってと言い張った。それでも不吉な胸騒ぎはしぶとく胸に居すわっていた。

どうもなにかがおかしい。

アシュリーの携帯にかけてみようと電話を取りあげたとき、ドアが開いた。デヴォンは眉間にしわをよせ、顔を上げた。

アポなしでやってきたのは、不機嫌そうな顔をしたエリック・コープランドだった。エリックはつかつかと歩みよるとデヴォンのデスクの前に立ちはだかり、磨きこまれた木材の表面に両手をついた。

「妹になにをした？」

デヴォンははじかれたように立ちあがった。

「どういう意味なんだ？　アシュリーになにをしたのかと問いつめられるのは二回目だよ。昨夜のパーティーをぼくたちが途中で退席したわけをきいてるなら、それはアシュリーが頭痛を起こし、ぼくは彼女を不必要に苦しめたくなかったからだ。だからアシュリーをうちに連れて帰って寝かせた」

エリックは鼻を鳴らした。「あなたは知らないようだが、アシュリーが頻繁に頭痛を起こすのは、神経をすりへらしてるときだけなんだ。たった二日でハネムーンからとんぼ返りしてきたのも頭痛が原因だったそうだが、あれ以来、妹はしょっちゅう頭痛に苦しんでるんだってな」

この攻撃は効いた。デヴォンは脱力したように椅子にへたりこみ、エリックは上から見おろした。

「妹はひどく不幸そうに見える」エリックはつづけた。「なにが原因かは知らないが、とにかくぼくは頭にきてる。妹は変わってしまったし、それはぜんぶあなたのせいなんじゃないか？」

「アシュリーもついに成長したのさ」デヴォンはそっけなく言った。「過保護な家族に甘やかされた世間知らずだったからな」

エリックは遠慮会釈なしに軽蔑の目を向けた。

年下の男につめたい怒りをぶつけられ、デヴォンは横っ面をひっぱたかれたような気分になった。

「ぼくたち家族はありのままのアシュリーを愛しているんだ」エリックはほえるように言った。「やさしくて、人なつっこいアシュリーのよさをだれもが愛し、あの子を変えようなんて決してしなかった。変えようとするやつがいたら、それは妹にはふさわしくないやつだ」

エリックはくるりときびすを返し、大股でドアから出ていこうとしたが、直前でふりむき、挑戦的にあごを上げた。

「父さんとどういう取り引きをしたか知らないが、父さんの目は曇ってたんだと思うね。あなたは妹にはふさわしくない。まともな男なら、自分が手に入れたものの価値に気づき、感謝するはずだ。いいか、これは警告だ。ぼくはあなたから目を離さない。妹がこれ以上苦しみつづけるようなら、あらゆる手を使ってあなたを追いだす。父さんの事業を引き継ぐ気はなかったが、あなたを家族に迎えて妹を不幸にするか、後継者になって自分が苦しむかの二択なら、ぼくが選ぶのは後者だ」

最後にもう一度ひとにらみしてから、エリックは足音も荒く出ていった。

デヴォンはうつろな目で窓の外を眺めた。

視線を落とすと携帯が目に入り、数分前に電話をかけようとしていたことをふと思いだした。

そういえば、ここ何週間も、仕事中にアシュリーからの電話はかかってきていない。一度もだ。ティンカーベルのテーマが社員たちの笑いを誘うこともなくなった。以前はしょっちゅう届いていた甘ったるいメールもとだえている。

いままで考えてみもしなかった。結婚式のあとはウィリアムの引退準備や建設中の新しいリゾートや、果てしない戦略会議に忙殺されていたのだ。

アシュリーとの件は、時間が解決してくれるものと楽観していた。時間がたてば彼女も最初の混乱を克服し、ふたりの関係はなにも変わらないことに気づくだろうと。だが、と胸の奥が不穏に騒ぎだす。

ほんとうは、なにもかも変わってしまったのかもしれない。

なによりもアシュリーが。

突然インターコムが鳴り、デヴォンはいらいらと顔を上げた。秘書はなにを知らせるつもりだ？　いまさらエリックの来訪を告げるとしたら、有能にもほどがある。だが秘書の言葉を聞いたとたん、いらだちは吹き飛んだ。

「奥さまがいらっしゃいました」

アドレナリンがいっきに放出された。

「通してくれ」デヴォンはそう告げると、立ちあがった。

アシュリーがオフィスに顔を出すのは初めてだ。電話やメールはあっても、実際に来たことはなかった。

入口で迎えようとデヴォンが歩きだしたとき、ドアが開き、おずおずとアシュリーが入ってきた。その表情にぎくりとして、デヴォンは立ち止まった。青ざめ、やつれ、目に光がないアシュリー。

不安が背筋を走りぬけた。

「忙しかった?」アシュリーが小さな声でたずねた。「悪いときに来ちゃったかしら」

「もちろん大丈夫だ。さあ、座って。飲み物は?」

アシュリーは首を横にふり、応接セットのソファーに腰を下ろした。「あなたに話さなきゃいけないことがあるのよ、デヴォン」

妻がこのせりふを口にしたら、どんな男だってひやひやするだろう。だが、アシュリーの言い方はまるで……最終通告だ。

「わかった」デヴォンはアシュリーの真正面に座り、疲れた目をのぞきこんだ。あたたかい光がきらめいていた瞳はいま、冷えきっている。

デヴォンは息をのんだ。アシュリーは……絶望している。だれよりも楽天家で前向きだったアシュリーが。ぼくはそれさえも彼女の欠点のひとつに数えなかったか？　認めたくはないが、たしかにそう思ったのだ。そしていまになって、あのころのアシュリーに戻ってほしいと願っている。

「わたし、妊娠してたの」アシュリーは単刀直入に切りだした。興奮も、喜びも見せずに、淡々と。

デヴォンはそのアシュリーの態度に驚愕《きょうがく》した。

「それはうれしいな」声がかすれた。

だがアシュリーはうれしいとは思っていないようだった。まるで涙をこらえているような表情だ。

「もうやっていけないわ」喉がつかえたような声で言う。

頭の奥で警告音が鳴り響く。「なにを？」

アシュリーは立ちあがった。手こそ震えているものの、みごとな自制心で感情を抑えている。

「この結婚よ。あなたはいつかきいたわね。この結婚がうまくいくかどうかの結論を出すまで、どのくらいの時間が必要かって。ほんとうは、うまくいきっこなかったのにね。気づくまでに時間がかかったけれど、わたしにはもっと価値があるの。わたしたちふたりともそうなのよ。あなたにふさわしいのはあなたが愛せる女性だし、わたしにふさわしいのはわたしを愛し、尊敬し、結婚したいと思ってくれる男性だわ。わたしを変えようとするのではなく、欠点も含めてまるごと受けいれてくれる男性が。軽薄で、感情的なアシュリーを愛してくれて、そんな彼女を恥ずかしいと思わない人が」

アシュリーの目に涙があふれた。

「わたし……あなたに愛される自分になれると思ってた。そんなの最初から無理だったのよね。わたしはわたし。ほかのだれかにはなれないんだわ。そのだれかをあなたが愛したとしても、だめなの。なぜって、あなたが愛しているのはわたしが無理に作りあげた人格であって、ほんとうのアシュリーじゃないから。にせもののアシュリーが愛されているあいだ、ほんもののアシュリーはぽつんと立ちつくしたままになってしまう。自分に対してそんな仕打ちはできないわ。子どものことを考えると、なおさらそうよ。わたしはだれの前であろうと自分自身を誇れる母親になりたいの。そのためには自分を愛さなきゃいけないし、自分でいることが好きでなきゃいけないのよ。わたし、昔は自分のことが好きだったわ。完璧な人間だったかってきかれたら、もちろんイエスとは言えないけど、幸せだったし、家族も友達もまるごとのわたしを受けいれてくれていた。もしかしたら、いつか、まるごとのわたしを愛してくれる男性だって、あらわれるかもしれない。その日まで自分にうそをつかずにひとりでいるほうが、わたしを愛するふりのできる人と暮らすよりは、ましだと思うの」

話を終えたアシュリーが静かに出ていくまで、デヴォンはぼうぜんと立ちつくしていた。はっと気づいてふりかえったときには、すでにドアは閉じられ、部屋には自分ひとりしかいなかった。

冷や汗が滝のように流れた。自分のあやまちが、むきだしの真実が、突きつけられている。

ぼくはかぎりなく大切なものを壊したのだ。

一生自分を許すつもりはない。許しに値しない。

かつていとこの妊娠を飛びあがって喜んでいたアシュリーが、自分自身の妊娠を、死んだ目と破れた心で報告した。

そうさせたのは、ほかのだれでもない、ぼくだ。彼女を見くだし、彼女のふるまい方に注文をつけた。美しく希有《けう》なものを、無造作に踏みにじった。

彼女を照らす光をさえぎり、生きる喜びを残らず取りあげたのだ。

キャムは正しかった。エリックは正しかった。アシュリーもだ。ぼくは彼女にはふさわしくない。彼らはぼくが不注意にも見おとしていたものを、ちゃんと見ていた。ぼくは鼻持ちならない傲慢さで自分が正しいと信じこみ、アシュリーを導くことができると思っていた。

ぼくはアシュリーを変えようとした。そのままで完璧だった彼女を。うっとうしいとまで思っていたものが、失うとどれほど痛いのか、気づきもしなかった。愛していると告げるためだけに仕事中にかけてくる電話。両腕で抱きしめる不意打ちの愛情表現。すぐにはしゃぐ癖。

アシュリーの輝きは消えてしまった。それもこれも、ぼくが地球上で最低の傲慢な男だったからだ。

自分で自分を許せないのに、アシュリーが許してくれるなんて期待するほうがおかしいだろうか？

アシュリーはぼくの子を宿し、ぼくのもとを去った。

ぼくはアシュリーにはふさわしくない男だ。このまま彼女を手放し、彼女をまるごと愛する男と出会わせるべきなのだろう。

いや、それはできない。ぼくはそこまで無欲になれない。アシュリーに償いができるなら、残りの人生を差しだしてもいいと思う。

その前になんとしても、彼女が永遠にぼくのもとを去る事態を防がなければいけない。

19

アシュリーは冷えた体にコートを巻きつけ、両親の住むマンションの前でタクシーを降りた。気がすすまないけれど、話さないわけにはいかないし、母親だけが与えてくれる慰めも恋しかった。

そして、もうひとつ大事な理由がある。わたしの人生に介入するのはやめてと言わなければ。

アシュリーは両親の家に入り、コートを脱いだ。

「ママ?」声をかける。「パパ?」

グロリア・コープランドはキッチンからいそいそと出てきて、うれしそうに笑った。

「まあ、ダーリン。急にどうしたの? 先に電話をくれたら、お茶を作って待ってたのに」

「パパはいる?」アシュリーは静かに言った。「話があるの。ママにも聞いてほしい話よ」

グロリアは眉をひそめた。「呼んでくるわ。なにかよくない話なの？」

「まあね」

母の顔に不安がよぎった。「リビングにいてちょうだい。すぐに行くわ」

母が足早に立ち去ると、アシュリーは広々としたリビングに入り、暖炉の前に立って、そのぬくもりにほっとした。体が芯から冷えきって、二度とあたたまらないような気がしていたのだ。

すぐに両親の足音が聞こえ、アシュリーはゆっくりとふりかえった。

「アシュリー、どうした」父親が性急にたずねた。

両親は不安と焦燥を隠そうともせずに立っている。アシュリーは深く息を吸いこんでから、切りだした。

「デヴォンと別れたわ。それから、わたしは妊娠してるの」

グロリアは息をのみ、ウィリアムは目を細めてけわしい顔をした。「いったいなにがあったんだ」

「もとはといえばパパのせいよ」思わず声がとがってしまった。「どうしてあんなことをしたの？　なぜわたしたちを駒みたいに操ったの？」

父は怒りにかられて悪態をついた。

「話すなと言っておいたのに――」

「デヴォンが話したんじゃない。わたしが自分で見つけたのよ。結婚式の夜に、父親がお金で買った夫だと気づくなんて、どんな気持ちだったと思う？」

「ウィリアム、この子はなにを言ってるの？」グロリアはわけがわからずきょとんとしている。

すくなくともママは知らなかったんだわ、とアシュリーはほっとした。ママにまで裏切られていたら、耐えられない。

「パパはわたしをトライコープ社との合併の条件にしたの」アシュリーは無理に落ち着いた口調で話した。「わたしと結婚しなければ合併は成立させない、そうデヴォンに迫ったのよ」

「そこまでひどくないぞ」父親が苦虫をかみつぶすように言った。「おまえの言い方だと、まるで……」疲れたように目を閉じる。「すべておまえのためだった。デヴォンならおまえの面倒を見てくれると思ったんだよ」

「自分の面倒くらい自分で見られるわ。男の人に見てもらう必要なんてない。わたしが求めているのは、ありのままのわたしを求めてくれる人よ。わたしの父親が目の前にぶらさげた餌につられる人じゃなくて、わたしを愛してくれる人なの」

「まあ、アシュリー」母は叫び、娘を強く抱きしめた。「かわいそうに。つらかったでしょう」

アシュリーは目を閉じ、ここしばらく与えてもらえなかった無条件の愛をしみじみと味わった。

母は手を離し、アシュリーの髪を撫《な》でた。「妊婦になった気分はどう？　いつわかったの？」

「今朝、病院に行ったのよ。そのあとデヴォンにも会いに行ったわ」

「アシュリー、おまえ、本気なのか？」ウィリアムがたずねた。「よく考えてごらん、出会い方が悪かったからといって、すべてを投げ捨てるつもりか？　おまえが怒るのはよくわかるが、すべての責任はわたしにある。デヴォンは最初からおまえをだますような真似《まね》はしたくないと言っていたんだ。悪いのはわたしなんだよ」

アシュリーは必死に涙を抑えようとした。「デヴォンはありのままのわたしが好きじゃないの。わたしが軽薄で、いいかげんで、感情的で、信じやすすぎるからよ。デヴォンはわたしを一から十まで変えたがってる。どうしてパパはそういう人とわたしがうまくいくと思ったの？　わたしを尊重してくれない人と暮らしていたら、わたしの子どもはどうなると思う？　母親が自尊心を持てないのに、子どもが自尊心を持てるわけがないでしょう?」

母は娘を腕に抱き、夫をにらみつけた。「信じられないわ、ウィリアム。あなたは自分の娘におまえには価値がないと言ったも同然よ」

ウィリアムはため息をついた。「アシュリー、わたしに腹を立てないでくれ。おまえにとって最善のことをしようとしただけなんだ。愛娘《まなむすめ》の将来を、心配のないものにしておきたかったんだよ。おまえとデヴォンは仲むつまじい夫婦になれると思っていた。わたしはまちがっていたし、おまえが思うよりもずっと後悔しているよ」

「取り引きは打ち切らないで」アシュリーは低い声で言った。「わたしを愛せなかったからといって、デヴォンに罰を与えたりしないでね。ビジネスの上で彼が最高の人材だと思ったのなら、そこにわたしを巻きこまないで。自分のことは自分で決めたいのよ、だれかに操られるんじゃなくて」

「信じてくれ、わたしはおまえを愛しているんだよ。傷つける気はなかった。デヴォンが反対しても、わたしは耳を貸さなかった。自分のほうが一枚うわてのつもりでいたんだ。デヴォンはなにもかもおまえに話すべきだと言った。隠しごとはするべきじゃないと。彼にも申し訳ないことをしたよ」

目の前が涙でにじんだ。もしも自然に出会っていたら、わたしたちはどうなっていたんだろう？

　ウィリアムはためらいながらアシュリーを抱きしめた。

「すまなかった。母さんとわたしはいつでもおまえの助けになるよ。もちろん、赤ん坊が生まれてからも」

「わかってる」アシュリーはつぶやいた。「わたしだってパパを愛してる。ただ、これからは、わたしがつまずきそうだと思っても、放っておいてほしいの。パパはよかれと思ってしてくれたことだけど、わたしは、ありのままのわたしを愛せない人を愛してしまったのよ」

　父はゆっくり手を離し、母がもう一度ハグをした。「だれかに荷物を取りに行かせようか？　好きなだけここにいていいんだよ」

　アシュリーは首を横にふった。「しばらくはピッパのところにいさせてもらうわ。もっと条件のいい仕事を見つけなくちゃ。わたしには子どもがいるんだものね。デヴォンのことは忘れて、つぎの一歩を踏みだすときだわ」

　ふいに携帯が鳴り、デヴォンはあわてて取りだした。アシュリーが三日前に出ていって以来、仕事は手つかずで、ろくに眠ってもいない。

何度電話をかけてもアシュリーはつかまらなかった。アシュリーの友達や家族、親戚にもかけたが、当然のことながら、反応はおそろしくつめたいものだった。そしていま、液晶に表示されたのは、アシュリーではなくラファエルの名前だ。デヴォンはため息をついて電話を耳に当て、低い声でやあと言った。

「女の子だ！」ラファエルは歓声をあげた。「三千六十グラムの天使だ。一時間前に生まれたんだよ」

デヴォンは目を閉じ、苦い思いをのみくだした。

親友がねたましくてたまらない。携帯を壁にたたきつけたい衝動をこらえるので精いっぱいだった。

「それはすごいな。ブライアニーはどうしてる？」

「最高だよ、じつに勇敢だった。娘はママそっくりで、すごい美人なんだ」

ラファエルの満面の笑みは、電話ごしにも想像できた。

「おめでとうと伝えてくれ」

「大丈夫か、デヴォン？　調子が悪そうだぞ」

デヴォンはためらった。娘が生まれた日にラファエルに迷惑をかけたくないが、崖っぷちの現状を思えば、もらえるだけの助言はもらっておきたい。

「調子は悪い」デヴォンは率直に言った。「アシュリーが妊娠して、出ていった」

「おい、ちょっと待てよ。彼女はおまえに夢中だとばかり思ってたが。なにがあった？

妊娠してどのくらいなんだ？」

「わからない」心もとない声が出た。「彼女は三日前にオフィスに来て、妊娠していると言い、ぼくと別れると宣言した」

「まいったな……そりゃこたえるだろう、気の毒に。なにかぼくにできることはないか？」

デヴォンはどさりと座りこんで椅子を回転させ、小雪が舞う空を眺めた。「アドバイスをくれないか？　彼女を取りもどしたいんだよ」

長い沈黙のあと、ラファエルは長々と息を吐きだした。「だったら、きこう。おまえは彼女を愛してるのか？　それとも、妊娠しているなら別れるべきじゃないと思ってるだけか？」

「愛している。やっと気づいたんだ。アシュリーに信じてもらえるかどうかはわからないが。ぼくは彼女にひどい仕打ちをしたんだ」

「昔、ブライアニーに許してもらう方法がわからなくて途方に暮れてたとき、ある人が教えてくれたのは、プライドなんか捨てろってことだった」

「どういう意味だ？」

「なにか派手なことをやれ。彼女が誤解しようもないようなことを。それからひざまずいてひれ伏すんだ。ぼくを信じろ。ひれ伏すなんてやってられないと思うだろう？　でもどっちにしろ彼女を取りもどせたら、残りの人生はずっとそうやって過ごすことになるんだ。いまから慣れておいたほうがいい」

「アシュリーが戻ってきてくれるなら、喜んで土下座する」デヴォンはつぶやいた。

「せっかくの機会だが、いまのおまえをいたぶるのはよしておくよ。あまりに悲惨すぎるからな」

「そいつはありがとう」デヴォンはつめたい声で言った。「娘の面倒を見てやったらどうだ。そろそろおむつを替える時間じゃないのか？」

「うちの天使はママといっしょにお休み中だが、お言葉にしたがって、そろそろ家族のところに戻るとするかな。最高の気分だぞ、デヴォン。早く重い尻を上げて自分の家族を取りもどせよな」

「そうだな。恩に着るよ、レイフ」

「気にするな」

デヴォンは携帯をポケットにしまい、親友のアドバイスについて考えた。

たしかに一理ある。アシュリーにもう一度チャンスをもらうためなら、なにをしたっていい。

20

アシュリーはピッパの家のソファーに座って毛布にくるまり、熱いお茶をすすりながら雪を眺めていた。

おとといからふりだした雪は、街を白一色に染めている。ふとデヴォンの部屋がなつかしくなった。最後までわが家だという実感は持てなかったけれど、あの部屋で彼と過ごした時間は忘れがたい。

「調子はどうなの」ピッパが向かいのソファーにどさりと腰を下ろした。「まだ吐き気がする?」

妊娠ホルモンのせいかもしれないけれど、引っ越してきて以来のピッパのやさしさや気遣いが胸に迫り、涙がにじんできた。とはいえ、まだデヴォンの部屋から荷物を取ってくるだけの気力がわかないので、完全に引っ越してきたとは言えない。服もピッパに借りているし、明日はなんとか気力を奮い起こして行ってこなくちゃ。

「胸がむかつくし、なにもする気が起こらないの。大好きだった食べ物まで、見るのもいやって感じ」

「救いようがないわね」ピッパは淡々と言い、一瞬ためらってから、こう付けくわえた。「あれからデヴォンとは話してないの？」

アシュリーはカップを下ろしてため息をついた。

「そうなの。ひどい弱虫でしょう」

「そんなことないってば」ピッパは猛然と言った。「彼の会社に行って、思いの丈をぶつけてくるなんて、よっぽど肝が据わってなきゃできないわ。あたしがそのことをどれだけ誇りに思ってるか。あたし、あなたみたいになりたいわ」

アシュリーの目はまたうるんできた。「もう、やめてよ。自分じゃ止められないのよ」そう言って鼻をすする。「ピッパ、あなたにはかなわないわ。頭がよくて、料理の達人で、いい女で、しかも最高の友人でいてくれるなんて」

「これで独身なのが不思議よね」

アシュリーはぷっと噴きだした。「男を見る目が厳しいからよ。わたしもそうだったらよかった」

ピッパは急にまじめな顔になり、身を乗りだした。「アシュリー、あなたは自分がどれだけ特別な存在かわかってないのよ。あたしたちが自分探しにあくせくして、ろくでもない男たちを取っかえひっかえしてるあいだ、あなただけはあわてても騒ぎもしなかった。自分がどんな人間で、なにを望んでるのか、ちゃんと知ってたのよ。自分を大事にして、絶対に妥協しなかった。デヴォンがそんなあなたを変えようとするようなハズレ男だったからって、あなたがまちがってたわけじゃないのよ。一時は自分を見失ったかもしれないけど、けっきょく取りもどしたじゃないの」

アシュリーはほほえんだが、ピッパが正しいかどうかは疑問だと思った。

デヴォンはわたしを変えた。それはどうしようもない事実だ。デヴォンを知る前のわたしには戻れない。

もしかしたら、人生ってそんなものかもしれない。めぐりあう人と状況が自分を変えていく。大切なのは、その変化にどう対応するかということ。

ブザーが鳴り、ピッパがあきれ顔になった。「またセールスマンだったら、階段に水をぶちまけて凍らせなきゃ。二度とやつらが上がってこられないようにしてやるわ。今週はこれで三人目なんだから」

「配達の人じゃない？　食料品かもよ」

ピッパは考えた。「うーん、明日届けるように手配したと思ったけど。でも、あなたの言うとおりかもね。ちょっと見てくるわ」

「座ってて」アシュリーは毛布をはいだ。「朝からずっと働いててくれたでしょう。わたしは座りこんで自分を哀れむほかにはなにもしてないんだから」

ピッパはくるりと目をまわしたが、アシュリーが立ちあがると、もう一度ソファーにもたれた。

アシュリーはピッパが玄関先に水をぶちまける場面を想像してにやりとした。彼女ならやりかねない。

マンションの一階にあるピッパの部屋の玄関をあけたアシュリーは、目を見ひらいた。階段に立っていたのは、雪を頭にふり積もらせたデヴォンだった。コートは着ているがマフラーと帽子はなく、この一週間、一睡もしていないように見える。

「やあ、アッシュ」静かな声だった。

アシュリーは指の感覚がなくなるほどドアノブを握りしめた。

「なにをしてるの」

デヴォンは乾いた笑い声をあげた。「一週間前から自分の奥さんを捜しまわってるのさ。電話をかけてもメールをしても音さたなしで、無事なのかどうかも、居場所さえもわからなかった。ようやく会えたと思ったら、なにをしてるのか、だって」

アシュリーはごくりとつばをのみこんだが、なんとか持ちこたえた。この寒空の下に彼を立たせておくのは意地悪かもしれないけれど、なかに入れるわけにはいかない。

「明日、わたしのものを取りに行くつもりだったの」声の震えは隠せなかった。「あなたの都合がよければ」

「ぼくの都合はよくない」

その口調の激しさに、アシュリーは思わず一歩下がった。

「どこかよそで話せないか、アッシュ？」

本能的に頭を横にふる。「いい考えだとは思えないわ」

デヴォンの顔が引きつった。

「ぼくたちは結婚したての夫婦で、きみはぼくの子を妊娠している。なのに話しあうことすらできないのかい？」

アシュリーは目を閉じ、手をひたいに当てた。

「アッシュ、大丈夫？」ピッパがすぐうしろに立った。「だれなの？」

「大丈夫よ。デヴォンが来たの」

ピッパは険しい顔になったが、アシュリーは片手を上げた。ピッパはしぶしぶリビングに引きかえしたが、その前に耳打ちするのを忘れなかった。「困ったら、すぐにあたしを呼びなさいよ」

アシュリーはデヴォンにむきなおった。「話しあうべきだとは思うけど、その気になれないのよ。わたしも苦しんでるの。信じてもらえないかもしれないけれど、つらい決断だったから」

デヴォンはすこし表情をゆるめ、一歩前に出た。頭にのった雪がはらりと落ちた。「もちろん信じるよ。そのうえで頼む。どうしても話したいことがあるんだ。見せたいものもある。今日の午後いっぱい、ぼくにつきあってくれないか。お願いだ。きみがそうしたければ、そのあとぼくの部屋に連れていって荷造りを手伝うから」

思いつめたような口調に、アシュリーは内心たじろいだ。デヴォンは息を詰めてわたしの答えを待っているように見える。

そしてあの目。まるで……すがりつくような。

「わたし――コートを取ってくるわ」

デヴォンは心から安堵《あんど》したようだった。背筋が伸び、金色の瞳の奥に希望の灯がともった。

「靴はあるよ」とデヴォン。「持ってきたんだ。きみの好きな靴がここにあるかどうか、わからなかったから」

アシュリーはぽかんと口をあけた。

「わたしの靴を持ってきたの？」

デヴォンはばつが悪そうにもじもじした。「六足、車のトランクに入ってる。あたたかそうで、足が濡《ぬ》れなさそうなのを選んできたつもりだよ」

はりつめていた心が、ふっとゆるんだ。

「コートと帽子を取ってくるわ。ブーツを持ってきてくれてたらありがたいんだけど」

「取ってくるから、ここで待っててくれ」

デヴォンは止めてある車に向かって通りを走っていく。彼がトランクをあけて箱を取りだすあいだ、アシュリーは信じられない思いでその光景を眺めていた。

デヴォンが自分の車を運転するなんて。いつも運転手つきの車か、タクシーだったのに。

自分が冷たい風の吹きつける玄関先に立ちつくしていることに気づいて、アシュリーはあわててドアを閉めた。

アシュリーはリビングに戻り、ブラシを手に取ると、あわただしく髪をとかしはじめた。

「どうしたのよ」ピッパが不審そうにたずねた。

アシュリーは手を止め、眉をひそめた。「デヴォンが話しあいたいって言うの。午後いっぱいつきあってくれたら、そのあと部屋まで送って荷造りを手伝うって。彼、なんだか……変なのよ」

ピッパは鼻を鳴らした。「そりゃそうでしょう。奥さんが妊娠を告げた直後に出ていったんだもの。平然としてたら、そのほうがおかしいわ」

「わたし……行ってくる」ブラシを置いた。

「あとで電話してよね」ピッパが言った。「ぜんぶ報告するのよ」

アシュリーはピッパにキスを投げ、クローゼットからコートとマフラーを取りだした。帽子に髪をたくしこみ、玄関に向かう。

ドアをあけると、ロングブーツを抱えたデヴォンが待っていた。受けとろうと手を差しだすと、デヴォンがしゃがみこんだ。「ぼくにさせてくれ」

彼の肩に手を置いて片足立ちになると、デヴォンが片方のブーツをはかせ、ジッパーを上げてくれた。もう片方も同じようにはかせてもらう。

デヴォンは立ちあがるとアシュリーの手を取って車に向かい、手を貸して助手席に座らせた。

「どこへ行くの？」

「すぐにわかるよ」

デヴォンはセンターコンソールごしに手を伸ばしてアシュリーの手を握った。

「信じてくれ、アッシュ。こんなことを言えた義理じゃないのはわかってるが、いまだけでもいい、信じてくれないか」

車がアニマル・シェルターの前で止まったとき、アシュリーは目を丸くした。

先に降りたデヴォンが、アシュリーに手を差しだす。「おいで。見てほしいものがあるんだ」

古びたビルのなかに入ったとたん、なつかしい動物たちの鳴き声とにおいが五感を刺激した。受け付けのデスクの上で熟睡している猫のハリーを見ると、心があたたかくなった。ハリーはこのシェルターの非公式のマスコットで、ペットを探しにやってくる子どもたちの人気者だ。

驚いたことに、デヴォンはアシュリーをうながして受け付けの前を通りぬけ、ケージの並ぶ廊下に足を踏みいれた。ここに来たことはなかったはずなのに。どうして行く先を知っているんだろう?

デヴォンが足を止めたのは、引き取り手の決まった動物と新しい飼い主を対面させるオリエンテーション・ルームの前だった。

デヴォンは緊張ぎみにほほえんでから、ドアを押しあけた。ドアの向こうにいたのは、にこにこ顔のモリーとボランティアのスタッフたちで、ふたりは大きな歓声に包まれた。

「どういうこと？」アシュリーは声をあげた。

「スタッフたちにあいさつしておいで」とデヴォン。「きみはいまや〝ゴープランド・アニマル・シェルター〟の代表なんだよ」

アシュリーは目を丸くしてモリーやボランティアたちを見まわした。「なにがどうなってるの。ここは閉鎖されるんじゃなかった？」

モリーがアシュリーを抱きしめた。「いいえ、助かったのよ！　あなたのご主人のおかげでね。デヴォンがスポンサーを紹介してくれたのよ。閉鎖をまぬがれただけじゃない、これからは広告にも費用をまわせるから、家を必要としてる動物たちにもっともっと注目を集められるわ」

アシュリーはデヴォンをふりかえった。

「あなたが、わたしのためにしてくれたの？」

「きみが出ていく前にね」ぶっきらぼうな声。「パーティーの夜、きみのお父さんを脅したのさ。資金提供をしないなら、引き継ぎもなしだと言って」

アシュリーは口をぽかんとあけた。デヴォンに飛びついて抱きしめたくてうずうずするけど、彼はそんなことを喜ばないはずだ。でも、なぜかデヴォンは不安そうな顔をしている。まるで自分のしたことをわたしが喜ばないんじゃないかと心配しているみたいに。

「ここの動物たちは、きみにとって大事な存在なんだろう、アッシュ？」

涙で目の前がにじみ、胸が痛んだ。「ありがとう……感謝してもしきれないわ。ここはわたしのいちばん大事な場所なの」

「きみはぼくのいちばん大事なものだ」

心臓が早鐘のように打ちはじめた。

その言葉の意味をアシュリーがたずねる前に、デヴォンはみんなのほうにふりかえった。

「いっしょにお祝いしたいのはやまやまだが、もうひとつ、アシュリーを連れていきたい場所があるんでね」

口々に別れのあいさつを交わしたあと、ふたりは車に戻った。アシュリーの胸はかすかな希望に震えていた。デヴォンはどこか変わった。後悔や罪悪感じゃない、もっと深いところで。

「デヴォン、さっきの言葉は、どういう意味？」

ハンドルを握るデヴォンの手に力が入った。

「そのままの意味さ。話したいことはたくさんあるが、もうすこしだけ待ってくれ。運転しながらできるような話じゃない。目を見て話したいんだよ。できたらこれからある場所にきみを連れていって、そこでぼくの話を聞いてもらいたい」

はりつめた声だ。まるでわたしが断り、マンションに戻って荷造りしましょうと言いだすのをおそれているような。緊張をどうにかほぐしてあげようと、アシュリーはそっと彼のももに手を置いた。

「いいわ、デヴォン。そうしましょう」

21

コネチカット州グリニッジまでのドライブは、デヴォンが思っていたよりも長くかかった。車内にははりつめた沈黙が満ち、ふたりとも気詰まりを感じていた。車が目的地に通じる道に入ったのは、日没まであと一時間という時刻だった。

私道のカーブの手前で、デヴォンは縁石に車をよせて止めた。隣に座ったアシュリーは、とまどったように眉をよせている。

デヴォンは助手席側にまわりこんで彼女が降りるのに手を貸し、寒くないようにマフラーを巻いてやり、帽子をかぶせてやった。それから彼女の手を取り、私道を歩きだした。

あたりは一面の雪に覆われていた。けがれのない純白の雪は、アシュリーそのものだ。魔法めいた、おとぎ話の世界。

ぼくはかつてアシュリーに、人生はおとぎ話じゃないと言った。とんでもないまちがいだ。彼女はこれから、おとぎ話を目の当たりにすることになる。

「きれい」アシュリーがそっとつぶやいた。

なだらかな丘を眺める目は感動にきらめいている。夢みるような笑顔は、デヴォンの胸をうずかせた。アシュリーにはいつもこうあってほしい。幸せで、輝いて、ぼくをしびれさせるほど美しくあってほしい。

急な曲がり角の手前に来ると、デヴォンはアシュリーをそっと抱きよせた。手を握ったまま、真正面から向きあうと、心臓が飛びだしそうになった。

吐く息が白い。またふりはじめた雪がはらはらと舞いおち、いくらかはアシュリーの髪にはりつき、残りは鈍い冬の日ざしのなかに溶けていった。

「アッシュ」

声がしわがれ、デヴォンはせき払いした。

愛する人は小首をかしげて彼を見ている。

「なに、デヴォン?」

やさしく透きとおった声が、しんと静まった世界に響いた。聞こえるのは遠くで木の枝がしなる音だけだ。

でくのぼうのように立ちつくし、ひと言も言いだせない自分がもどかしかった。言うべきことはたくさんあるのに、どこから話していいかわからない。ついに、つのる想《おも》いがデヴォンの口からあふれだした。

「ああ、ぼくはきみを愛してるんだ。うまい言葉を探したけど、けっきょく頭に浮かぶのは、きみをめちゃくちゃに愛しているってことと、きみなしじゃ生きられないってことだけなんだよ。どうかぼくをひとりにしないでくれ、アッシュ」

アッシュの感情豊かな目は驚きで丸くなった。口をあけ、また閉じた。なんと答えればいいかわからないというように、無言で頭をふる。

その瞳が曇ると、デヴォンは罪の意識にさいなまれた。ぼくがぶつけた言葉やひどい仕打ちの記憶が、この瞳を曇らせている。

「だったら、どうして?」アシュリーがしぼりだすように言った。「わたしを愛してるなら、ほんとうに愛してるなら、どうしてわたしを変えようとしたの? あなたはありのままのわたしを好きじゃなかったのよ、デヴォン。あなたが愛していたのは、自分の頭のなかにある完璧な妻のイメージ。悪いけど、わたしはそうはなれない。絶対に」

怒りがアシュリーを輝かせていた。目に光がよみがえり、頬があからみ、唇がとがっている。

「きみを変えようとしたのは、ぼくが犯した最大のまちがいだ。アッシュ、ぼくは自分の愚かさを恥ずかしく思っている」デヴォンは彼女の肩に手をのせ、瞳をのぞきこんだ。

「きみはぼくの人生に飛びこんできた、なにより美しくて貴重なものだ。ぼくにはそれが理解できなかった。理解したくなかったからだ。きみのお父さんが結婚を突きつけたとき、ぼくは彼のおせっかいに腹を立てたんだよ」

「ひどい出会い方よね」アシュリーがつぶやいた。

「だけど、きみと結婚すること自体はいやじゃなかった。腹が立つと思ってはいたが、心のどこかで、結婚して家族を作ることを歓迎していた。きみといっしょにだ。ぼくの心は揺れていた。その気もないのに結婚に追いこまれたような気がしていた。結果には不満がないのに、きっかけが許せなかったのさ、青臭い考え方だが。ハネムーンの夜、きみが真相に気づいたのはこたえたよ。きみを傷つけることだけは避けたかったからね。追いつめられた気分だった。きみはぼくの気持ちを問いただしたけれど、それはぼく自身でさえ認めたくないものだった。ぼくは焦り、愛がなくても楽しい結婚生活を送れるとかいうたわごとでその場を丸くおさめようとした。ほんとうはきみを失うのがいやだったし、愛が取りざたされるとき、自分が感じる引け目を見せたくなかったからなんだが」

デヴォンはため息をついて一歩下がり、遠くに目をやった。

「ぼくはきみの家族に圧倒されたのさ、アッシュ。彼らにどう接すればいいかわからなかった。ぼくは仲むつまじい家族には慣れていない。ぎすぎすした家庭しか知らないんだ。

きみのお父さんはぼくを〝息子〟と呼び、家族として迎えようとした。ぼくは気おくれし、引け目を感じた。自分にそんな価値があるはずはないと思えてね。だからぼくは腹を立てた。十八で家を出たとき、ぼくは二度と劣等感を抱くまいと誓ったからだ」

アシュリーは言葉が見つからない様子で彼を見守っていた。

「きみはぼくにとって脅威だったんだよ、アッシュ。きみはぼくの人生に飛びこんできて、そのいちずさでぼくの人生をひっくりかえし、ぼくがコントロールできない唯一の存在になった。でも、ぼくはやろうとしたんだよ。きみの翼を折ろうとした。ぼくの胸を揺さぶり、部屋に入ってくるだけで心をとろけさせるのを止めたかった。きみの輝きを覆ってしまえば、そのまぶしさに目を細めなくてすむと思ったんだ。すくなくとも、ほほえまれるたびに胸が高鳴るのは止まるだろうと」

「そうだったの」アシュリーがつぶやいた。「わたし、あなたにいやな思いをさせていたのね」

デヴォンは首をふった。「そうじゃないよ、アッシュ。きみはぼくの最善の部分だ。きみじゃない、ぼくのせいなんだ」

デヴォンはアシュリーを抱きよせ、顔と顔を近づけ、彼女の息のぬくもりを肌で感じた。

「きみはぼくの世界の最上のものだ。きみこそぼくの命だよ。きみがいなければ生きられない。ぼくがしたことは許されないことだ。ぼくは光り輝くものから目をそらし、傷つけようとした。もしもきみが許してくれたら、二度と悲しませないと約束する。一日も欠かさずに、きみがぼくの宇宙の中心だと証明する。きみはまるごとの自分を愛する男を求めていると言ったね。どうか遠くを探そうとしないでくれ、アッシュ。その男ならきみの目の前にいる。ぼくよりもきみを愛せる男なんていない。それは不可能だ」

アシュリーの青い目は宝石のように輝き、頬は薔薇色《ばらいろ》に染まっていた。まつげはダイヤのような涙の粒に濡《ぬ》れている。

アシュリーが口を開くと、デヴォンは長く甘いキスでその唇をふさいだ。触れあった瞬間、体が震えた。この一週間、ずっと求めていたものだ。このぬくもりとやわらかさは、なににも代えがたい。

「なにも言わないで」デヴォンはささやいた。「まだきみに見せたいものがある」

そして彼女の手を取り、道を歩きだす。アシュリーはふわふわと宙を歩くような足取りだった。急な曲がり角を曲がると、アシュリーは立ちつくし、丘の頂上にある広々とした屋敷を見つめた。

遠くから犬のほえ声がした。アシュリーが眉をひそめ、音のでどころを探すように顔を上げたとき、丘の上に二匹の犬たちがあらわれた。

「マック！　ポーリーナ！」

アシュリーはひざをついて二匹を迎え、うれしそうにほえる犬たちに顔じゅうをなめまわされた。

「驚いたわ、あなたたちどこにいたの？」

デヴォンが丘の上を示すと、そこにはキャムが立っていた。デヴォンは感謝のしるしに手をふってから、ふたたびアシュリーとその目にあふれる喜びにみとれた。

注意深く彼女を立たせ、二匹をそっと押さえる。

「あの家にいたんだよ」まじめくさった声で言った。「きみはシェルターの新代表になったんだ、動物たちを自宅に引きとったってかまわないだろう」

アシュリーはあっけにとられて屋敷を見つめなおした。「あの家は……あなたのものなの？」

「いや、きみのものだ」

アシュリーはくるりとふりむいてデヴォンを見た。瞳は興奮にきらめいている。「うそでしょう？　ほんとなの？　どうやって？　どうして？　いつ？」

デヴォンは甘やかすように笑い、衝動的に彼女を抱きしめた。アシュリーの鼓動が胸に響いた。

「きみは子どもやペットたちが走りまわれる家で暮らしたいと言ってただろう？　そのときは真剣には考えなかった。まだ人生を変える心構えができてなかったからね。だけど、突きつめて考えれば、ぼくはきみが幸せになれる場所ならどこにだって住めるんだ。親友が教えてくれたよ、なにか派手なことをやれって。ぼくはこれに懸けたのさ、アッシュ。きみを取りもどすためならなんだってした」

「なんと言っていいかわからないわ、デヴォン。あなたの言葉は夢みたいにうれしい。あなたを信じたい。ものすごく信じたいの。でも怖いのよ」

デヴォンはひたいをアシュリーのひたいにつけた。「愛してるよ、アッシュ。いつまでも変わらずに愛する。ぼくは最低だった。どうか、ぼくにチャンスをくれ。ぼくといても大丈夫だと証明するチャンスを。ぼくがきみと、子どもたちを、生涯最後の日まで大事にすると証明するチャンスを」

デヴォンはアシュリーの顔にかかった髪をやさしく払い、やさしくキスした。

「愛してる。人をこんなに愛せるとは思ってもみなかった。正直に言うよ、だれかを愛することは、ぼくにとって怖いことなんだ。でも、きみを失う怖さに比べれば、そんなことはなんでもない。チャンスをくれないか、アッシュ。きっと信頼を取りもどしてみせる。誓うよ」

アシュリーはデヴォンに抱きつき、彼の肩に頭をのせた。「わたしも愛してるわ、デヴォン。あなたにはほかのだれにもできないくらいわたしを傷つける力がある。だけど、わたしを世界一幸せにする力もあるのよ」

デヴォンはアシュリーの髪の香りを吸いこみ、ぎゅっと彼女を抱きしめた。「きみを幸せにしたい。もう一度笑顔になってほしい。そのためならなんでもするよ」

アシュリーは身を引くと、いたずらっぽく彼を見あげた。二匹の犬たちはふたりの足もとにじゃれついている。「だったら、わたしの新居を案内してくれる？」

あまりに深い安堵《あんど》に、デヴォンはその場にくずおれそうになった。なんてことだ。口を開いたら、魂が抜けていってしまいそうだ。

もう一度しゃべる気力を取りもどすまでには、すこし時間がかかった。

「家は半年前から空き屋で、ぼくは鍵を持ってる。喜んで案内するよ」

アシュリーはそっと腕をからませ、ふたりは屋敷につづく道を歩きはじめた。

「子どもたちがここで遊ぶ様子を想像してみて」アシュリーはしみじみと言った。「そのあとを犬たちが追いかけていくの」

デヴォンは愛する妻のこめかみにキスをした。

「そのつづきを知ってるかい？」

アシュリーがたずねるように見あげた。

「子どもたちの母親の笑顔が、父親の世界をいつまでも幸せに照らしてくれました、だよ」

＊本書は、2013年2月に小社より刊行された
『愛を知らない花婿』を改題し文庫化したものです。

いつか想《おも》いが届《とど》くまで

2022年1月15日発行　第1刷

著　者　マヤ・バンクス
訳　者　深山《みやま》ちひろ

発行人　鈴木幸辰
発行所　株式会社ハーパーコリンズ・ジャパン
東京都千代田区大手町1-5-1
03-6269-2883（営業）
0570-008091（読者サービス係）
印刷・製本　中央精版印刷株式会社

この書籍の本文は環境対応型の植物油インクを使用して印刷しています。

ISBN978-4-596-31682-0